MAITRE

ROBERT DE SORBON

ET LE

VILLAGE DE SORBON

(Ardennes)

Notice publiée à l'occasion
du Monument érigé à la mémoire du Fondateur de la Sorbonne
dans son pays natal

PAR H. JADART ET P. PELLOT

Membres de la Société française d'Archéologie

REIMS

IMPRIMERIE COOPÉRATIVE (N. MONCE, Dir.)

Rue Pluche, 24

M DCCC LXXX VIII

MAITRE

ROBERT DE SORBON

et le

VILLAGE DE SORBON

Cette Notice,
uniquement destinée aux Souscripteurs
du Monument de Sorbon,
ne sera pas mise dans le commerce.
Elle a été imprimée en 1888,
aux frais de l'Académie de Reims,
dans le t. LXXX de ses TRAVAUX,
et tirée à 400 exemplaires,
plus 12 sur papier vergé.

MAITRE

ROBERT DE SORBON

ET LE

VILLAGE DE SORBON

(Ardennes)

*Notice publiée à l'occasion
du Monument érigé à la mémoire du Fondateur de la Sorbonne
dans son pays natal*

PAR H. JADART ET P. PELLOT

Membres de la Société française d'Archéologie

REIMS

IMPRIMERIE COOPÉRATIVE (N. MONCE, Dir.)

Rue Pluche, 24

M DCCC LXXX VIII

ROBERT DE SORBON

FONDATEUR DE LA SORBONNE

1201-1274

AVANT-PROPOS

Au moment où l'on reconstruit pour la troisième fois les bâtiments de la Sorbonne, le souvenir se reporte naturellement sur l'humble fondation du XIIIe siècle et sur le docteur qui réunit les premiers pauvres maîtres dans un asile dont le nom est devenu si glorieux. Non seulement la vie de Robert de Sorbon se présente avec un vif attrait à l'historien moderne, mais ses discours et ses sermons offrent actuellement matière aux plus intéressantes recherches. La séance de l'Académie des Inscriptions et Belles-Lettres donnait à M. B. Hauréau, en 1883, l'occasion de faire connaître la valeur morale et intellectuelle de notre compatriote dans une lecture intitulée : *Les propos de maître Robert de Sorbon*, aperçu tout nouveau sur son caractère et son influence (1). En même temps, M. Léopold Delisle, M. Alfred Franklin et d'autres érudits nous découvraient les sources contemporaines sur les œuvres si méritoires du fondateur de la Sorbonne.

Il était impossible que des exemples partis de si haut n'aient pas trouvé d'imitateurs dans le village natal de Sorbon : le projet d'y élever un monument à sa mémoire se fit jour récemment, et il provoqua tout d'abord la préparation de cette notice, destinée à compléter la biographie du personnage et à retracer sommairement l'histoire de la localité qui le vit naître (2). Il donna lieu ensuite à une souscription dont M. Paul Pellot prit l'initiative et la direction. Des hommes de science, des artistes, des amis du passé vinrent de suite joindre leur offrande à celle des habitants de Sorbon, fiers et heureux de voir concourir tant de bonnes volontés à la glorification du modeste enfant de leur village (3). On couvrit

(1) *Mémoires de l'Académie des Inscriptions et Belles-Lettres*, t. XXXI, 2ᵉ partie. — *Revue politique et littéraire*, 1883, 2ᵉ partie, p. 689.

(2) Une première étude sur Robert de Sorbon, dont celle-ci forme la suite, a paru en 1876 dans les *Travaux de l'Académie de Reims*, t. LX, p. 40.

(3) Parmi les premiers adhérents au projet figurait un enfant de Rethel, M. Hippolyte Noiret, agrégé de l'Université, membre de l'École française de Rome, décédé au cours de méritoires recherches

ainsi, en quelques mois, la dépense occasionnée par la pose du monument commémoratif. Nous donnons ici le texte de l'inscription qui sera prochainement installée dans l'église de Sorbon, où elle offrira à tous un résumé de la biographie du célèbre personnage et une féconde leçon pour exciter dans les jeunes âmes l'émulation au bien.

Il nous reste à commenter, par quelques nouveaux aperçus, ces lignes si expressives en elles-mêmes et déjà comprises par toute la population. L'Académie de Reims n'avait pu rester étrangère à l'hommage rendu à Robert de Sorbon, et, par ses soins, les recherches entreprises sur son origine et son caractère furent mises au jour, et accompagnées de plusieurs planches, l'une représentant le fondateur de la Sorbonne d'après la plus ancienne estampe connue, et l'autre donnant la vue de son village natal d'après des dessins exécutés sur place. Cet ensemble de travaux n'est que le complément de ceux que les biographes champenois et ardennais n'ont cessé de consacrer à l'ami de saint Louis, et qui se trouvent déjà dans toutes les mains et dans toutes les mémoires (1). Nous

dans les archives de Venise, le 9 janvier 1888, à l'âge de 23 ans, regretté amèrement de ses compatriotes et des érudits les plus distingués de France et d'Italie.

(1) *Biographie ardennaise*, par l'abbé BOULLIOT, t. II, p. 381. — *Biographies et Chroniques ardennaises*, par Hubert COLIN, t. II,

y renvoyons pour abréger la partie biographique et réserver une plus large place aux annales intéressantes de la commune de Sorbon.

H. J. P. P.

20 Février 1888.

p. 56. — *Biographie des Champenois célèbres*, par Létillois, 1836, p. 139. — *Essai sur les grands hommes de la Champagne*, par Hedoin de Pons-Ludon, 1768, p. 10.— *Illustrations ardennaises*, par H. Rouy, 1874, p. 37. — *Le Courrier des Ardennes* du 11 août 1883.

A LA MÉMOIRE DE

Robert de SORBON

NÉ A SORBON LE 9 OCTOBRE 1201,

MORT A PARIS LE 15 AOÛT 1274.

———

SAVANT THÉOLOGIEN

MORALISTE ET PRÉDICATEUR CÉLÈBRE

CHANOINE DE CAMBRAI, PUIS DE PARIS,

IL FUT L'UN DES CHAPELAINS FAMILIERS DE SAINT LOUIS

DONT LES LARGESSES L'AIDÈRENT EN 1256

A FONDER LA SORBONNE,

CET HUMBLE ASILE DES PAUVRES MAÎTRES ET ÉTUDIANTS,

QUI DEVINT UNE PÉPINIÈRE D'ILLUSTRES DOCTEURS,

LA PLUS FAMEUSE CORPORATION SÉCULIÈRE DE L'UNIVERSITÉ,

ET RESTE L'UNE DES GLOIRES DE LA FRANCE CHRÉTIENNE.

———

Se souvenant de ce grand homme,
ses compatriotes lui ont érigé ce monument,
l'an de grâce M. DCCC. LXXX. VIII.

INSCRIPTION COMMÉMORATIVE
POSÉE DANS L'ÉGLISE DE SORBON EN 1888

PREMIÈRE PARTIE

MAITRE ROBERT DE SORBON

Son origine. — Sa valeur comme sermonnaire et moraliste, ses propos familiers. — Ses fondations, sa mort, son souvenir en Sorbonne. — Destinées du collège, sa reconstruction par Richelieu et son état actuel. — Monument de Sorbon.

I

Origine de Robert de Sorbon

Le lieu natal de Robert de Sorbon est le village de Sorbon, situé aux portes de Rethel, à dix lieues de Reims, le seul en France qui ait jamais porté et porte encore exactement le surnom donné à maître Robert par ses contemporains. Les doutes qu'a émis Claude Héméré au xvııe siècle, et qu'a réédités de nos jours M. Petit-Radel, ne subsistent plus devant les preuves apportées par M. Natalis de Wailly et acceptées par tous les historiens

1.

modernes (1). Mais, en laissant ici de côté l'identité des noms qui suffit aux érudits pour résoudre le problème, nous avons la plus probante des indications dans l'existence des relations qui unirent le fondateur de la Sorbonne à l'abbaye de Saint-Denis de Reims. Il eut en effet dans ce monastère, un neveu, Guillaume, appelé comme lui de Sorbon, devenu son légataire et son usufruitier à Paris. Le nécrologe du couvent fait mention de l'un et de l'autre, ainsi que de plusieurs clercs ou seigneurs, qui se rattachent tous au village de Sorbon en Rethélois (2). En outre, les premiers associés de la maison des pauvres maîtres comptaient dans leurs rangs plusieurs Rémois, deux enfants du village de Sorbon et Évrard de Dione, peut-être originaire du hameau de ce nom qui dépend encore aujourd'hui de la commune de Sorbon (3). Sans doute, beaucoup d'autres Sorbonistes

(1) Cfr. *Travaux de l'Académie de Reims*, t. LX, p. 47.

(2) On lit dans ce nécrologe : 8 kalend. februarii, obiit Joffridus, armiger, filius domini Joffridi de Sorbonno, qui dedit pitantiis nostris equum suum et 20 solidos pro suo anniversario faciendo. — 18 kal. septembris, obiit magister Robertus de Sorbonia, canonicus beatæ Mariæ Parisiensis. — 3 idus octobris, obiit magister Helyas de Sorbonno, curatus de Brisseio, qui dedit ecclesiæ nostræ sex libras et pitantiis nostris sex pro anniversario suo faciendo. — 10 kal. maii, obiit Dominus Guillelmus de Sorbonno, sacerdos et canonicus noster. (*Bibliothèque de Reims*, manuscrits, *Cartæ abbatiæ S. Dionisii Remensis... et Necrologium ejusdem*, 1732, fᵒˢ 702 et 731.)

(3) *Diona* ou *Dyona* nous paraît se rapporter beaucoup mieux à *Dyonne* qu'à *Dijon*, à juger sur l'apparence des noms. *Evrardus de Diona* figure à côté de *Reginaldus, Gerardus et Albericus de Rhemis*, et de *Poncardus et Theobaldus de Sorbonio*, sur le *Catalogus provisorum, sociorum et hospitum Sorbonæ*, anno 1253, publié par A. FRANKLIN, dans *La Sorbonne, ses origines*, etc., Paris, 1875, p. 222.

venaient du Nord et de provinces éloignées, et il ne faudrait pas conclure que Robert fût Champenois par cela seul qu'il groupa quelques compatriotes. Mais il eut, à la fois, des relations constantes avec le chapitre de Reims, avec l'abbaye de Saint-Denis, avec l'archidiacre Guillaume de Braye. Bien plus, l'Université garda fidèle mémoire de l'origine française de son fondateur, et la Nation de France, c'est-à-dire celle dont Reims était l'une des tribus, le revendiqua formellement comme l'un des siens en 1466, circonstance absolument inconciliable avec l'opinion de Claude Héméré, qui fait de Sorbon un Flamand ou un Artésien (1). Jamais on n'a allégué l'existence d'une localité du nom de Sorbon en dehors du diocèse de Reims. Mieux encore, au XVIIᵉ siècle, les docteurs de Sorbonne offrirent à la paroisse de Sorbon un missel, en souvenir de gratitude et comme un témoignage des liens qui les unissaient à ce village. L'archevêque de Reims, Maurice Le Tellier, constatait dans ses notes ce don fort significatif (2) quelques années avant la publication des *Annales bénédictines*, où Mabillon affirmait, de son côté, la tradition qui fait naître Sorbon dans le diocèse de Reims (3).

(1) « Ipse fundator collegii Sorbonæ *alumnus Franciæ nationis* extitit, suntque in ipso Sorboniæ collegio Galli præhonorati cæteris Nationibus. » (*Délibération de la nation de France en 1466*, relative à l'anniversaire de Sorbon, rapportée par Du Boulai, *Hist. Univers. Paris.*, t V, p. 679.)

(2) « Le missel est fort défectueux et romain, donné à l'ancien curé par la maison de Sorbonne. Quand le mien sera imprimé, la paroisse en achètera un. » (*Registre de visites de M. Le Tellier*, 21 avril 1678.)

(3) Dans la dédicace des *Annales Ordinis Sancti Benedicti*, D. Mabillon écrivit ce passage relatif à Robert de Sorbon et à l'adresse

La Bibliothèque de la Sorbonne, si riche en manuscrits dès ses débuts, en conservait plusieurs qui se trouvent maintenant à la Bibliothèque nationale, sur lesquels M. Léopold Delisle a découvert des notes attestant les dons que le clergé de Reims fit à la maison des pauvres maîtres au xiii° siècle, évidemment à la suite d'un commerce fréquent avec son premier proviseur. On sait ainsi que Jean Le Cercelier, curé de Saint-Michel, et Garnier, curé de Saint-Symphorien de Reims, furent de généreux bienfaiteurs des premiers Sorbonistes (1).

de Maurice Le Tellier, archevêque de Reims : « At reticere non possum quod recentissime in domo Sorbonica, cujus Provisor es, a te præclare factum est..... Hujusce beneficentiæ memoriam, ut par est, conservatura est Sorbonica domus, quandiu stabit : stabit autem, Deo favente, æternum ad Galliæ tæquè Diæceseos, ex qua oriundus fuit primus ejus fundator, decus et ornamentum. » T. I, in-f°, 1703, dédicace, et t. VI, p. 35.

(1) *Manuscrits de la Bibliothèque nationale*, par Léopold DELISLE, Paris, 1874, t. II, p. 157, 170 et 172. — Cet ouvrage signale tous les donateurs de manuscrits, et, parmi eux, *Magister Evrardus de Dijona, canonicus Sancti Quentini*, p. 146. Est-ce le même personnage qu'*Evrardus de Diona*, cité plus haut ? Nous l'ignorons.

II

Robert de Sorbon, sermonnaire et moraliste

De cet ensemble de données, il résulte pour nous que Robert vit le jour en Champagne, mais ses débuts dans la carrière ne sont pas aussi sûrement retracés par la tradition. Il naquit « fils de vilain et de vilaine », comme l'affirmait le sire de Joinville, cet autre Champenois qui représentait à la cour du saint roi l'élément militaire et chevaleresque, tandis que Sorbon y figurait le clerc, l'homme d'église, censeur et moraliste des hommes d'armes. C'est ce côté peu connu du créateur de la Sorbonne que nous voudrions remettre en lumière d'après les révélations de M. Hauréau (1). Quels qu'aient été ses premiers travaux, puis son rôle actif dans les chapitres et les écoles, voyons comment il apparut dans le monde, ce qu'il en pensait et ce qu'il y disait. Il offre sous cet aspect matière à une étude morale autant qu'historique.

En premier lieu, affirme encore Joinville, Robert avait « grant renommée d'estre preud'homme », c'est à dire qu'on le tenait pour un homme sage et sincère dans ses discours, étant, d'une part, honnête, très honnête, nullement casuiste, n'enseignant jamais qu'une morale, la stricte observance des dix commandements, et, d'autre part, caustique, enjoué, abondant en vives saillies, en

(1) Mémoire cité plus haut, auquel nous empruntons les citations et les termes même des appréciations si sagaces de l'auteur. (*Les propos de maître Robert de Sorbon*, 1883, 20 p. in-4°.)

propos badins sur le compte d'autrui. Vivant dans la familiarité des seigneurs, il tenait surtout à déraciner leurs convoitises et leurs passions : « Vivez avec les loups, disait-il, soit, mais pour les convertir en agneaux ; sinon, tenez pour certain qu'ils vous mangeront. »

C'est de la sorte qu'il s'attaqua d'abo.·d au luxe sous ses différentes formes. Grand dignitaire d'une église opulente et fastueuse, devenu riche après avoir été pauvre, il gardait la simplicité de ses goûts, sans se laisser atteindre par la contagion des mœurs séculières. Il est certain qu'il employa ses revenus à d'utiles fondations, et que Joinville se scandalisa à tort du costume que portait le docteur à l'audience du roi (1). Cependant, sur la question du vêtement des hommes, saint Louis eut le dernier mot et le meilleur : « Un chevalier courtois, répliqua-t-il, se doit vêtir de telle sorte que les gens d'un âge mûr ne l'accusent de trop faire, les jeunes gens de faire trop peu. » Ce sage propos n'empêcha pas maître Robert de reporter sa critique vers un autre abus et de stigmatiser le luxe dans les parures féminines. Il s'attaqua même à la reine Marguerite, bien moins humble que le roi dans ses atours, et méritant à certains égards la remontrance que le moraliste lui adressa avec une naïve rusticité. Sur la toilette des femmes en général, notre Alceste raconte une plaisante historiette, qui dénote les mêmes fantaisies dans le passé que dans le présent. Il paraît que de son temps les dames portaient des robes très longues : « L'une d'elles, dit-il, ayant prié son mari de faire pour elle l'emplette d'une robe, il l'acheta assez longue. La femme, s'en étant revêtue,

(1) Cet épisode eut lieu à Corbeil en 1260. (*Joinville*, par Natalis de WAILLY, Paris, 1874, p. 31, 32, 35 et 508.)

monte sur un coffre pour en mieux juger l'ampleur et la bonne façon. Mais voilà que, l'épreuve faite, la femme attristée dit à son mari : « Pourquoi donc, m'avez-vous acheté, Monsieur, une robe si courte ? J'en voulais une qui pendit jusqu'à terre. — Mais, répond le mari, je pensais que vous vouliez une robe pour vous seule, non pour vous et pour ce coffre tout ensemble. Si vous m'en aviez averti, j'aurais volontiers satisfait à votre désir. »

D'autres fois, le censeur s'attaquait au luxe des festins qui finissaient trop souvent par d'ignobles orgies. Il vitupérait les jureurs, les joueurs, les prodigues ; il demandait la suppression des fêtes trop nombreuses, comme le fit plus tard Gerson, à raison des monstrueux abus qu'elles provoquaient, et aussi en haine de la paresse qu'elles favorisaient. Il n'était pas tendre pour les vices du clergé : « Voici, raconte-t-il, ce qui vient d'arriver cette semaine à deux lieues de Paris. Un prêtre ayant joué dix livres et son cheval, s'est pendu. Ainsi finissent les parties de dés. Malheureux, va jouer maintenant ! » Il comparait les hypocrites à la chauve-souris, qui s'esquive en dissimulant tantôt ses ailes, tantôt ses pattes (1). Sur les médisants, il s'exprimait ainsi : « Ils ressemblent aux araignées, qui, se posant sur la plus belle fleur, n'en tirent que du venin. » Mais il réservait à l'honnête homme ce bel éloge : « qu'il ressemble à l'abeille, qui, de toute fleur où elle se pose, ne recueillé que du miel ».

Le proviseur des pauvres maîtres ne pouvait épargner

(1) Lire ce passage humoristique dans le traité *De Conscientia*, publié dans la *Bibl. max. Patrum*, Lugd. t. XXV, p. 348, traité si intéressant que M. Hauréau en demandait la réédition après en avoir rendu compte dans le *Journal des Savants*, juin 1886, p. 355-56.

les avares et les thésauriseurs. Il les assimilait aux pour-
ceaux, « animaux pleins de souillures, de lourde charge
et de nul profit pendant leur vie, mais de gros rapport
après leur mort. » Les usuriers sont spécialement flagel-
lés, car leur nombre est si grand, dit Sorbon, que, par
leur faute, « pas un homme sur cent n'est en route pour
le paradis ».

Sur les devoirs professionnels, le langage de Robert
n'est pas moins véhément. Il invective les bénéficiers qui
ne résident pas : « Le troupeau est la matière, dit-il, le
pasteur, la forme. Or, séparée de la forme, la matière
tend au néant. Si donc le pasteur s'éloigne de son église,
le troupeau, séparé de son pasteur, périt, s'anéantit. »
S'il raisonnait de la sorte en logicien, il haïssait les
théologiens ergoteurs, captieux, vains et stériles dans
leurs œuvres. « Mais le bon curé, s'écriait-il, le curé sans
tache, sans reproche, qui naïvement observe la loi de
Dieu, voilà le théologien dont les leçons profitent. » —
« Voulez-vous savoir, ajoutait-t-il encore, quel est le plus
grand clerc ? Non certes, ce n'est pas celui qui, après
avoir longtemps veillé devant sa lampe, s'est fait rece-
voir à Paris maître ès-arts, docteur en décret, en
médecine, etc.; c'est celui qui plus aime le Seigneur. »
Moraliste avant tout, il prêchait la charité, vertu peu
louée à son gré par les métaphysiciens, la charité éloi-
gnée de la faiblesse trop indulgente et du rigorisme sans
entrailles : « J'ai, disait-il, entendu quelques-uns des
plus grands pécheurs du monde; eh bien ! si grand
qu'ait été le pécheur qui m'ait prié de l'entendre, je l'ai
toujours aimé cent fois plus après l'avoir confessé qu'a-
vant. »

« Il nous plait, conclut M. Hauréau, de terminer par
ce mot touchant. Si maître Robert s'est souvent exprimé

sur le compte d'autrui avec plus de liberté que d'apparente bienveillance, on n'a de reproches à faire qu'à sa langue ; évidemment son cœur était excellent (1). »

(1) Pour les citations des passages de Sorbon, M. Hauréau a surtout recouru aux manuscrits inédits des Sermons. *Biblioth. nat.*, *fonds lat.*, 15,034, 15,761, 15,971 et 16,505, f° 199 à 233.

III

Fondation de la Sorbonne

Tel qu'il nous apparaît dans ses écrits, Sorbon n'a pu être le fondateur d'une école de théologie contentieuse. Cet hôte magnifique des pauvres écoliers n'acceptait que la science strictement limitée, et il ne put soupçonner tout ce qu'on devait enseigner un jour dans sa maison, la glorieuse Sorbonne, où se poursuivirent tant de luttes, tant de querelles de pure doctrine. Mais l'idée mère du fondateur n'en eut pas moins son développement régulier, sa conséquence naturelle et bienfaisante : la constitution d'une société de docteurs séculiers, gardienne de ses traditions, étrangère aux rivalités des réguliers, alliée fidèle de la hiérarchie orthodoxe et de l'Université nationale. La meilleure preuve de sa nécessité dans l'ancienne société française, c'est sa vitalité. Les statuts composés par Robert de Sorbon eurent cinq siècles de durée constante, ce qui permet de ranger à bon droit leur auteur parmi les législateurs pratiques (1).

La création de la Sorbonne est le côté saillant de la vie de maître Robert ; les dignités qu'il obtint dans les chapitres de Cambrai, puis de Paris, la faveur dont il jouit auprès de saint Louis, ses nombreuses relations

(1) Les statuts de la Sorbonne sont encore inédits ; ils sont conservés dans le fonds de la Sorbonne à la Bibliothèque nationale, mss. latin, nos 16,574 et 9,961. Ce dernier recueil est une copie de 62 ff. du xviie siècle, dont l'original a été mis avec les papiers de M. Ladvocat, le célèbre bibliothécaire de la Sorbonne.

avec les seigneurs de la cour et les docteurs de l'Université, tout cela ne devint pour lui que l'occasion et le
moyen d'assurer le succès de son collège. Établi vers
1253, sa période de formation durait encore en 1259, et
son organisation était seulement définitive en 1274, à
la mort du fondateur. « Mais, presque à son début, la
Sorbonne devenait, dit M. Léopold Delisle, le centre des
études théologiques de la France et des principaux pays
de l'Europe ; ses premiers bienfaiteurs, jaloux de facili-
ter les travaux des maîtres et des écoliers, mirent autant
de zèle à leur procurer des livres que des maisons et
des rentes. Une bibliothèque s'y forma comme par
enchantement dans la seconde moitié du xiiie siècle, et
sous le règne de Philippe-le-Bel, c'était déjà l'un des
plus célèbres dépôts de Paris (1). A lui seul, Sorbon
apporta plus de cinquante volumes manuscrits à l'œuvre
naissante, et plusieurs notes conservées sur les marges
attestent ses rapports avec les libraires et sa régularité
à payer ses achats (2). »

Si la maison des pauvres maîtres et étudiants eut de
suite une telle prépondérance sur la montagne Sainte-
Geneviève, c'est qu'elle répondait à un véritable besoin
de stabilité pour l'enseignement universitaire. Jusque-là
d'incessants conflits entre les séculiers et les réguliers
avaient provoqué des troubles, des schismes et de longues

---

(1) *Le Cabinet de manuscrits de la Bibliothèque nationale*, 1874,
t. II, p. 142.

(2) « Magister Robertus de Serpon pro tertio fratris Alexandri,
item pro epistolis glosatis. Et debet V solidos. Et solvit III solidos.
Et habet duos quaternos. — Magister Robertus de Sorbone pro
epistolis glosatis debet II solidos. Et solvit III solidos. Item pro
libris hystorialibus nichil solvit. — Memoriale magistri R. de
Cerbona pro Summa domini episcopi de anima. » (*Ibidem*, p. 173.)

séparations entre les docteurs rivaux. La Sorbonne fut une résurrection de l'École du Parvis de Notre-Dame; elle devint le centre d'action des anciens maîtres et des disciples fidèles, qui trouvaient une garantie d'existence dans la vie commune. En même temps, par la création des boursiers, elle ouvrit aux plus intelligents et aux plus dignes, sans distinction de naissance ou de caste, le chemin de la science et l'accès aux dignités les plus enviées. Là est le secret de l'accord unanime qui favorisa l'entreprise de Robert de Sorbon (1). Nous n'avons pas à refaire ici son histoire, ni à poursuivre son développement durant cette série de cinq siècles, au cours desquels on vit les plus grands hommes s'honorer du titre de Proviseur de Sorbonne. Le cardinal de Lorraine, Richelieu, Maurice Le Tellier, devinrent ainsi les successeurs du chapelain de saint Louis. Nous n'entrerons pas davantage dans le détail de l'existence de ce dernier, existence fort simple d'ailleurs, et que les extraits de ses œuvres ont suffisamment fait connaître.

Robert de Sorbon mourut à Paris le 15 août 1274, au sein de sa congrégation, étant encore chanoine de Notre-Dame. Cela résulte de deux actes du cartulaire de la Sorbonne, l'un du mois de mai, l'autre du mois de novembre 1274, ce dernier le désignant comme défunt : *Bone memorie magister Robertus de Sorbonio, quondam canonicus Parisiensis* (2). C'est à tort qu'un chroniqueur

(1) *Le collège de Sorbonne, son fondateur, ses origines, sa constitution, de l'an 1250 jusqu'à l'époque de la restauration sous Richelieu.* Cette thèse fut soutenue à l'école des Chartes en 1856, par M. l'abbé RÉGNIER, né à Dôle en 1830, professeur d'Écriture sainte à la Sorbonne en 1860. (*Annuaire du Bibliophile pour 1861*, par Louis LACOURT, Paris, Claudin, 1861, p. 84.)

(2) *Le Cabinet des manuscrits*, p. 173.

postérieur et anonyme, le confondant sans doute avec Gerson, fixe à Lyon son décès, au moment du concile œcuménique de 1274 (1). La mention du nécrologe de la Sorbonne est formelle, en ce qu'elle précise le jour de la mort sans indiquer le lieu, qui est par cela même le collège où vivait le proviseur (2). Mais on ignorait au xvII° siècle l'endroit de sa sépulture, que Claude Héméré supposait être à Notre-Dame, à raison de l'étroitesse de la chapelle primitive des pauvres maîtres. Il est certain, du moins, que son anniversaire se célébrait solennellement, le 12 novembre de chaque année, en présence du recteur et des quatre nations, d'abord dans l'église des Mathurins, puis dans celle de la Sorbonne (3).

(1) « Hujus tempore, apud Lugdunum tempore concilii obiit magister Robertus de Sorbona vir religiosus et in orbe nominatissinus. » (*Recueil des historiens des Gaules et de la France*, 1855, t. XXI, p. 702.)

(2) « Obiit anno Domini 1274, die assumptionis beate Virginis, magister Robertus de Sorbonio, canonicus Parisiensis, fundator domus hujus. » (*Necrologium Sorbonæ*, Bibl. nat., lat. 16,574.)

(3) Cf. Héméré, *Robertus de Sorbona*, Bibl. nat., lat. 16,575, p. 27 et 28.

IV

Destinées de la Sorbonne

Les bâtiments dont Sorbon jeta les fondements durèrent trois siècles et demi ; ils abritèrent une multitude de docteurs qui jouirent des bienfaits de la science à l'abri de leurs épaisses murailles ; mieux encore, ils servirent de berceau à l'imprimerie dans la capitale. Ce fut en 1469 que le prieur Jean de la Pierre et le bibliothécaire Guillaume Fichet appelèrent de Mayence Ulric Gering, Michel Friburger et Martin Crantz, qui éditèrent l'année suivante, *in œdibus Sorbonæ*, le premier livre sorti d'une presse à Paris. Les successeurs de Sorbon recueillirent comme hôte l'un de ces fameux inventeurs, Gering, et ils héritèrent en 1510 de sa fortune et de ses livres.

Une autre gloire de la Sorbonne, ce fut de posséder à sa tête, de 1607 à 1642, le cardinal de Richelieu, dont la munificence se signala par une reconstruction totale du vieux collège. Les travaux entrepris en 1627 n'étaient pas terminés à la mort du grand ministre, mais ils furent poursuivis avec le même goût et la même architecture. La bibliothèque notamment, qui s'accrut de celle de Richelieu, fut admirablement installée au milieu des chefs-d'œuvre des arts, dont les Sorbonistes furent à tous les âges des gardiens trop jaloux. En effet, ils n'ouvrirent point au public leur précieuse collection, confondue à la Révolution avec les autres dépôts littéraires, et qui forme aujourd'hui l'un des plus riches fonds de notre Bibliothèque nationale.

Jusqu'en ses derniers jours, la Sorbonne garda fidèlement le souvenir de son fondateur : son image se voyait sur les vitraux de la librairie du moyen âge, et elle se retrouvait sur les jetons d'argent qui avaient cours dans les assemblées mensuelles (1). Ce portrait fut reproduit par de nombreux graveurs : nous donnons le fac-similé du plus ancien que nous connaissions, où le costume et le type du personnage semblent rendus le plus fidèlement d'après les données traditionnelles. On trouve aussi sur le frontispice de cet ouvrage l'emblème de la Sorbonne conforme à un modèle du xvii° siècle, consistant en une roue d'or à rais fleurdelisés se détachant dans un médaillon sur fond d'azur, au-dessous de la foudre qui déchire la nue, avec une devise tirée du psaume 76, verset 19 : *Vox tonitrui tui in rotâ.* Il est facile de comprendre cette allusion à la roue de la Fortune *(Sors bona)*, dans laquelle, selon le langage biblique, se fait entendre la voix de Dieu (2).

(1) On voit dans le médaillier du Musée rétrospectif de Reims l'un de ces jetons à huit pans, avec le portrait de Sorbon en buste d'un côté, et de l'autre la façade de la Sorbonne, refaite en 1642.

(2) Estampe in-f°. Jollain excudit, personnage assis. (*Magasin pittoresque*, 1838, p. 46.)

L'imagination ne s'arrêta pas à ce blason parlant. Une autre allégorie très ingénieuse se voyait sur la médaille commémorative de la reconstruction du collège par Richelieu : une femme vénérable, courbée sous le poids des années, y figurait la Sorbonne, qui semblait dire : *Sorte bona senescebam,* s'appuyant de la droite sur le Temps immobile, et de la gauche sur une Bible, image de la Vérité immuable. On lisait en exergue ce passage du psalmiste : *Non est oblitus clamorem pauperum,* par allusion aux pauvres maîtres (1).

La Sorbonne vécut de longs jours encore après les bienfaits de son second fondateur, mais son heure suprême sonna à son tour, quand disparurent d'autres institutions séculaires renversées par la Révolution. Ses docteurs terminèrent dignement leur mission en 1792, remettant à la nation leurs biens temporels et leurs richesses littéraires sans rien abjurer de la foi catholique, dont ils avaient été les gardiens vigilants et les interprètes autorisés en communion constante avec l'Église de France (2). Ils eurent du moins la consolation de voir rester debout leur église et les grands édifices qui l'accompagnent si noblement. Après les jours du pillage et du dépouillement, la Sorbonne, dont le nom semble immortel, devint en 1821 le chef-lieu de l'Académie de Paris, le siège des Facultés où retentirent les leçons des Guizot, des Cousin et des Villemain, échos des anciennes voix de la Sorbonne ressuscitée pour l'honneur de la société moderne. Longtemps même les chaires sacrées de la Théologie subsistèrent en cette enceinte si habituée jadis

(1) Ps. 9, v. 13. — *Description de Paris,* par PIGANIOL DE LA FORCE, t. V, p. 515.

(2) *Dictionnaire historique,* par FELLER, *verbo* Sorbonne.

à leur enseignement, et leur retentissement en notre siècle ne manqua ni de grandeur ni d'utilité.

Aujourd'hui, l'on reconstruit en grande partie le vieil édifice, pour lui donner une destination plus large et plus accessible que jamais à la science et aux savants. La fondation du moyen âge n'en subsiste pas moins dans l'histoire, et le meilleur commentaire que nous puissions donner de son importance, c'est de reproduire un fragment du discours de M. Gréard, vice-recteur de l'Académie de Paris, prononcé le 3 août 1885, lors de la pose de la première pierre des nouveaux bâtiments de la Sorbonne. Déjà, à cette date, la dernière tradition de la Sorbonne ecclésiastique, la Faculté de théologie, venait de cesser son enseignement dans un lieu qui en avait été comme le sanctuaire. Sans avoir eu l'éclat et la durée de sa devancière, la Sorbonne moderne avait compté dans ses rangs bien des hommes de mérite, des professeurs érudits qui devinrent d'éloquents évêques, de profonds écrivains, tels que NN. SS. Maret, Dupanloup, Hugonin, Lavigerie, Meignan, Freppel, Perraud et Bourret. Elle ne fut pas supprimée par une loi, ses chaires cessèrent d'être rétribuées en 1885 (1). Heureusement, l'église dont ses membres étaient les gardiens reste livrée au culte et conserve ses peintures et ses fresques, où se retrouvent les figures de Sorbon, de Richelieu et de Bossuet, qui semblent enseigner encore la science sacrée au public qui les visite.

(1) *Journal officiel* du 13 mars 1885. Sur la convenance qu'il y aurait eu à laisser subsister ce legs de l'ancienne Université comme grande institution nationale, lire le discours de M. Mézières, député, et consulter un article sur *La liberté de l'enseignement supérieur* par G. A. HEINRICH, doyen de la Faculté des lettres de Lyon, dans le *Correspondant* du 10 juin 1875.

2.

L'abandon contemporain des études théologiques sur la montagne Sainte-Geneviève n'enlève rien d'ailleurs à la grande leçon du passé, ni aux souvenirs si nationaux de tant de générations de docteurs : « L'histoire de la vieille Sorbonne, disait M. Gréard, est liée par plus d'un point à l'histoire de l'esprit français. Au moment où elle va disparaître, n'est-ce pas surtout des services qu'elle a pu rendre qu'il convient de se souvenir ? Même alors qu'ils étaient les plus enchaînés aux traditions du passé par les habitudes de la scolastique et les préjugés de corporation, les héritiers de Robert de Sorbon ne laissaient pas de préparer, parfois même de devancer l'avenir. Tel est le bienfait de l'effort appliqué aux spéculations de l'étude, quelqu'en soit l'objet : il fortifie la pensée, l'élève, lui ouvre les vastes horizons. C'est ici qu'en 1470, appelés par deux Sorbonistes, Michel de Colmar et ses compagnons vinrent dresser les presses d'où sont sortis les premiers livres imprimés à Paris. C'est ici, qu'en 1739 le cardinal de Soubise prenait pour sujet de son discours de clôture annuelle cette thèse nouvelle, que l'intérêt des rois et des gouvernements est que les peuples soient éclairés. Certes, si la Sorbonne n'a échappé ni aux erreurs, ni aux passions de son temps, ce n'est pas un médiocre honneur pour elle d'avoir été la première à introduire en France l'instrument le plus actif de l'affranchissement de l'esprit humain ; la première à proclamer la nécessité de l'affranchir pour tous par l'éducation. Ainsi n'était-elle pas indigne de devenir, au commencement de ce siècle, un incomparable foyer de lumières... (1). » Telle est bien la trace laissée dans

(1) Discours de M. Gréard, vice-recteur de l'Académie de Paris, au scellement de la première pierre de la Sorbonne, le 3 août 1885,

nos anciennes institutions par cette forte corporation séculière, sage rivale des réguliers, qu'avait fondée Robert de Sorbon de concert avec saint Louis et que restaura le cardinal de Richelieu. Ces trois noms y restent indissolublement attachés, et quelles qu'aient été les variations des temps et les destructions des hommes, de telles créations ne périssent pas dans les annales d'un peuple.

Aussi, nous apprenons sans surprise qu'une œuvre grandiose du statuaire Crauck, commandée par l'État, représentant le fondateur de la Sorbonne assis dans sa chaise doctorale, vient d'être terminée, et qu'elle sera posée à une place d'honneur dans le grand amphithéâtre du nouveau palais des Belles-Lettres et des Sciences (1).

dans le *Journal officiel*, 4 août 1885, p. 4, 154. — Suivent les discours du ministre de l'Instruction publique, M. Goblet, et du président du conseil municipal de Paris, M. Michelin, conçus l'un et l'autre dans un esprit opposé à celui de M. Gréard, c'est à dire peu équitable envers un établissement lié aux traditions religieuses de la France.

(1) La Sorbonne avait déjà été décorée de statues et de médaillons et garnie d'inscriptions commémoratives par les soins du Ministère de l'Instruction publique en 1877. Cfr. *La Sorbonne restaurée*, article du *Moniteur universel* du 6 septembre 1877.

V

Monument de Robert de Sorbon, à Sorbon

Nous avons parlé plus haut de l'érection d'un monument de Sorbon dans son village natal. L'un des professeurs honoraires de la Sorbonne, M. l'abbé Méric, fidèle à sa vocation d'enseignement traditionnel et recommandable par tant d'estimables travaux, vient de s'associer à ce projet en des termes qui le rehaussent et caractérisent à merveille sa portée. Nous ne pouvons mieux terminer cet aperçu biographique sur le fondateur de la Sorbonne qu'en reproduisant l'article du savant professeur, inséré dans le *Moniteur universel* du 7 février 1888 :

« L'heure est bien choisie pour cette œuvre de justice tardive et de réparation nationale, et tandis qu'on donne enfin l'étendue et les proportions grandioses d'un palais à cette école illustre entre toutes, gardienne encore aujourd'hui de la tombe où reposent les restes de Richelieu, il est juste qu'on élève un monument à son fondateur, et que la reconnaissance de la postérité remonte à travers les âges et les vicissitudes si diverses de notre pays, jusqu'à Robert de Sorbon. Richelieu a fait l'unité politique de la France, Sorbon a contribué d'une manière puissante à sa grandeur intellectuelle et morale.

« L'histoire de la Sorbonne est étroitement unie pendant des siècles à notre histoire nationale, elle en partage la fortune et les gloires ; elle en exprime les idées fécondes et le génie, et, mieux que vingt victoires remportées au prix du sang sur les champs de bataille de l'Europe, la Sorbonne a étendu au loin la réputation et l'influence souveraine de notre pays.

« La Sorbonne n'a pas été seulement l'école austère où des maîtres dont les ouvrages n'ont pas vieilli incarnèrent dans une parole savante les plus hautes pensées de l'esprit humain, où des disciples accourus de tous les points de l'Europe, captivés par la parole des professeurs écoutés des rois et respectés des Papes, venaient apprendre la science maîtresse de la vie, elle a été aussi l'école pratique qui a donné au génie français, par l'habitude sévère d'une dialectique puissante et du raisonnement, sa clarté, sa précision, son équilibre et ce ferme bon sens qui ne s'égare pas dans les nuages d'une philosophie inintelligible, parce qu'il ne consentira jamais à prendre l'obscurité des termes pour la profondeur de la pensée.

« A ce titre, Robert de Sorbon a rendu à la France — je ne parle pas seulement de l'Église et du clergé — un service incomparable. Il ne faut pas que la France ingrate oublie le sein qui l'a nourrie et le lait qui a fait sa vigueur dans les siècles passés. Il ne faut pas que l'on soit tenté d'élever des statues sur les places publiques à des médiocrités qui semblent s'étonner de leur gloire posthume, à des sophistes qui ont mêlé au sang généreux et jusque-là si pur de la France le venin du vertige, et qu'on laisse dans l'ingratitude de l'oubli le fondateur de la Sorbonne. Il a posé les premières assises de l'école dont on conserve le nom illustre en relevant aujourd'hui ses murailles ; il a fondé l'école d'où sortirent ces polémistes, ces penseurs, ces écrivains du grand siècle que Bossuet domine de tout l'éclat de sa gloire, et j'estime que c'est faire une œuvre de justice, d'apaisement et de concorde, que de convier les esprits dévoués au présent, respectueux du passé, à s'unir pour rendre hommage à la mémoire de Sorbon.

« Si le contemporain de saint Louis gravissait aujourd'hui la montagne de Sainte-Geneviève, et s'il entrait dans sa maison, qui, par une étrange ironie, a conservé son nom cher à l'Église, il serait sans doute étonné de ne plus rencontrer les descendants des anciens professeurs et docteurs de Sorbonne, et les splendeurs du nouveau bâtiment ne consoleraient pas son âme attristée de l'amer chagrin d'entendre attaquer toutes les vérités qu'il voulait défendre. Étranges et douloureuses vicissitudes des choses humaines !

« Mais ce n'est pas là, c'est dans son village natal, où les champs ont conservé leur sérieuse et perpétuelle uniformité, que la reconnaissance veut élever un monument à sa gloire.

« Nous applaudissons à cette noble pensée, et nous faisons des vœux pour que la presse de notre pays, sans distinction d'opinions et de partis, prête son concours à cette œuvre si légitime. »

Grâce à cette parole qui faisait d'ailleurs écho à beaucoup d'autres, arrivèrent les souscriptions de toutes les notabilités de la région, du cardinal-archevêque de Reims, des représentants divers de la tradition locale et des anciennes familles du pays. Au mois de février 1888, les cotisations recueillies depuis trois mois par M. Paul Pellot et par M. l'abbé Cochin atteignaient le chiffre de 1,300 fr. (1). Une autre bonne fortune vint favoriser l'en-

---

(1) Les noms des souscripteurs, avec le montant de leur offrande, ont été publiés dans les journaux ardennais, le *Courrier des Ardennes* et l'*Indépendant*, de Rethel, du 18 mars 1888.

treprise : l'adhésion et le concours de M. A. Colle, jeune
statuaire ardennais, dont le talent dévoué et sympathique
assure au monument historique le mérite d'être en même
temps une œuvre d'art. L'avenir de la souscription est
en bonnes mains, patronnée qu'elle est par M. G. Gailly,
sénateur des Ardennes, et bientôt encouragée, dotée
probablement d'un secours, nous l'espérons, par le
Ministère des Beaux-Arts. Il en résultera grand honneur
et profit pour le village de Sorbon, dont nous voudrions
maintenant esquisser l'histoire.

VUE DU VILLAGE DE SORBON

Dessin de Mlle Carré, 1888.

DEUXIÈME PARTIE

LE VILLAGE DE SORBON

Sa situation. — Sa charte de commune. — Ses seigneurs au moyen âge et jusqu'à la Révolution. — Ses curés et son église. — Sa justice. — Ses principales familles. — Sa ruine sous la Fronde. — Son état descriptif en 1774. — Statistique actuelle.

I

Situation et Territoire

Le village de Sorbon, bâti sur un coteau dominant la petite vallée de la Dyonne, est essentiellement agricole, ainsi que le montrent ses nombreuses maisons de culture et son vaste territoire (1). Bien que situé aux portes de Rethel, ville manufacturière, ses habitants se portent de préférence vers les travaux des champs et s'occupent

(1) Il comprend 1,443 hectares, avec Dyonne, le Paradis et Triaumont.

de moins en moins du tissage et de l'apprêt des étoffes. Leurs efforts laborieux avaient naguère abouti à une réelle prospérité et à une aisance générale, que la crise actuelle peut amoindrir et suspendre, sans empêcher pour l'avenir un nouvel essor.

La connaissance des lieux dits d'une localité en éclaire singulièrement l'histoire. Voici les sections du territoire de Sorbon avec les désignations les plus caractéristiques dont le cadastre de 1829 a conservé les noms : Sections *de Nierval et Beaulu, — de la Dyonne, — des Bois, — de la voye des Bois, — du Village et de Mouray, — de la voye de Château et d'Arnicourt.* — Lieux dits : *Nierval, — Tibarlu, — Longchamp, — Les Haouis, — La côte de la Riole, — La Falise, — Trélois, — La pierre, — Mauchamp, — Le bois de l'Étry, — Pommier de Notre-Dame, — La croix de Grimont, — Au fond de la Madeleine, — Aux vins, — Le bois de Mahéry, — A la prairie de Dyonne,* — et enfin dans le village *la cense de Cerny.* Telles sont les principales appellations vulgaires dont nous retrouverions le sens historique et l'origine dans les chartes et les contrats du moyen âge. A elle seule la cense de Dyonne fournirait d'intéressants détails (1).

Il est inutile de remonter bien haut dans la suite des temps. L'existence de Sorbon à l'époque gauloise est

---

(1) On trouve dans la liasse 120 des archives de Saint-Remi : Laon, rente de 16 septiers de fèves due par l'abbaye de Saint-Martin sur la cense d'Yonne, près Rethel. On lit dans le *Bulletin de la Société acad. de Laon*, t. XVIII, une notice sur l'abbaye de Saint-Martin de Laon, par M. Ch. Gomart, où il est question de Dyonne, page 131 : « On avait fondé, en 1130, à Dyonne, près Rethel, un monastère pour les filles de Prémontré et elles avaient été mises sous la dépendance de l'abbé de Saint-Martin. Cet établissement, qui fut confirmé en 1135 par Renaud II, archev. de Reims, subsistait

certaine, car son nom est anté-romain, comme sa
forme l'indique, mais nous ne savons rien de plus sur
les phases diverses de ses annales avant le xii° siècle.
A cette date, de fréquentes mentions apparaissent rela-
tivement à notre bourgade, et ne peuvent s'appliquer
qu'à elle (1). Les unes concernent ses domaines et ses
nombreux seigneurs, les autres des personnages nés sur
son territoire et exerçant à Reims ou à Paris diverses
fonctions dans la cléricature.

encore au commencement du xiii° siècle. » — Enfin, l'on trouve
dans le cartulaire de Signy, f° 28 v°, Littera Widonis de Ceris
quod Nichol de Haudrecis et uxor ejus dederunt nobis unum mod
frumenti apud Dyonne, 1207. (Notes dues à l'obligeance de
M. Duchénoy.)

(1) Le nom de *Sorbon* en français, *Sorbonium*, ou de *Sorbonnum* en
latin, ne se rencontre nulle part ailleurs en France. Il ne faut pas
le confondre avec *Serbonne*, qui désigne une commune du départe-
ment de l'Yonne, un hameau de la commune de La Chapelle-sur-
Crécy (Seine-et-Marne), et un plateau près de Saint-Martin-les-
Voulangis, arrondissement de Château-Thierry (Aisne).

II

Charte de Commune et Seigneurs

La plus précieuse des pièces où se lit le nom de
Sorbon est la charte de commune, qui lui fut octroyée
le 25 juin 1262 pour régler l'affranchissement des habitants, la police, les assises et les redevances. Ce docu-
ment, qui offre en lui-même de l'intérêt au point de
vue de la langue, est rempli de détails sur les mœurs,
la condition et les habitudes sociales des manants de
Sorbon au xiii° siècle. L'original est perdu, mais il en
existe plusieurs copies aux Archives de Reims qui nous
ont permis de l'éditer (1).

Les seigneurs qui affranchissaient ainsi leurs vassaux
s'appelaient Aubry, Guillaume et Geoffroi de Sorbon.
Ils réclamaient, en retour de cette faveur, une rente de
cinquante livres, huit muids de blé et plusieurs corvées
ou services personnels qui sont énumérés tout au long :
charrois de bois, de foin et d'autres récoltes. Quant aux
droits de justice et de police, ils devaient être exercés
par dix habitants du lieu, élus par la communauté et
investis par le seigneur des offices de maire, échevins,
sergent et jurés. Nous n'entrerons pas plus avant dans
la constitution de la commune de Sorbon, que le texte

(1) Il est reproduit en entier et annoté parmi les pièces justificatives de cette notice § II, après avoir été examiné par M. L. Demaison,
archiviste de Reims.

fera connaître de lui-même beaucoup mieux que nos commentaires.

Une particularité de la seigneurie de Sorbon, c'est qu'elle relevait du comté de Portien et n'était pas comprise dans les limites du Rethélois, si voisine qu'elle fût de la capitale de ce domaine (1). Une autre singularité, c'est le morcellement de cette seigneurie durant le moyen âge et jusqu'à la Révolution, car les personnages qui sont qualifiés sires de Sorbon sont innombrables, et leur généalogie serait presque impossible à dresser pour la période du XIII⁰ au XV⁰ siècle. On en trouvera plus loin la liste sommaire, suivie des généalogies des familles de Boham, Duguet, de Clèves, de la Marre, Boucher, de Chartongne et de Rémont, qui se succédèrent dans les parts divises ou indivises de cette terre si fréquemment partagée.

Le château de Sorbon n'existe plus dans son intégrité et sous son aspect primitif, du moins son emplacement est encore visible au couchant du village. Il était la résidence du principal seigneur, mais il fut inhabité durant le dernier siècle parce que les membres des familles de Rémont et de Chartongne préféraient leurs résidences de La Folie ou d'Arnicourt. Longtemps encore, malgré le morcellement et les destructions, le pavillon principal et l'entourage du rustique manoir laisseront voir quelques traces de leur ancienne physionomie (2). Il s'en faut que les demeures féodales aient toujours eu, dans

(1) C'est en qualité de comte de Portien que Gaucher de Châtillon, connétable de France, fut appelé en 1303 à confirmer la charte des bonnes gens de Sorbon par un acte que nous donnons en appendice, § III.

(2) Suivant acte du 4 mars 1829, vente devant Mᶜ Lambert, notaire à Rethel, par le comte de Lantage, du château de Sorbon

nos villages, une splendeur conforme à la noblesse de leurs hôtes ; la simplicité de la vie s'imposait au plus grand nombre des seigneurs de la contrée. S'ils bénéficièrent de privilèges et de droits jugés excessifs ou mal perçus, ils répandirent aussi quelques bienfaits dans le voisinage de leur demeure, et surtout ils acquittèrent l'impôt du sang au service de la France, dette sacrée qui reste le plus beau titre de gloire des familles provinciales. Parmi elles, il faut placer au premier rang la lignée des Chartongne et des Rémont, qui furent vaillants et braves de génération en génération. Leurs noms, à ce titre, méritent de revivre dans la mémoire populaire comme un exemple de dévouement au pays (1).

et de ses dépendances d'une contenance de 5 hectares 66 ares d'un seul tenant, le tout divisé en 28 lots, y compris l'avenue et les fossés.

(1) L'*Impôt du Sang*, par F. d'Hozier, édité par L. Paris, Paris, 1881, t. III, 2ᵉ partie, p. 32.

III

Église et Cure

L'église du village a survécu partout au château du seigneur, parce qu'elle répond à des besoins supérieurs et permanents. Celle de Sorbon, qui est encore entourée du cimetière, porte la trace des malheurs qui ont successivement ruiné les habitants et dévasté leurs maisons au choc des terribles luttes du passé. Les guerres de la Fronde, notamment, ont infligé au modeste édifice une destruction dont il ne s'est pas relevé (1). Ses murailles ont été successivement refaites depuis la fin du xviie siècle jusqu'à la présente année, et il ne lui reste plus d'autre vestige d'architecture ancienne que sa façade occidentale. Le portail et la fenêtre qui le surmonte ont seuls gardé les lignes élégantes du style gothique flamboyant. Le chevet vient d'être solidement reconstruit dans les proportions de la nef et des chapelles ; l'ensemble a été harmonieusement décoré et satisfait à tous les besoins du culte. Le clocher se dresse au-dessus du chœur, comme pour rehausser la toiture et faire entendre au loin le son argentin de ses trois petites cloches (2).

(1) Les registres des visites du doyenné de Rethel constatent, en 1663 et en 1671, l'état de ruine de Sorbon et de son église : « La nef et les basses voûtes sont entièrement ruinées ; l'eau entre dans le chœur. » (*Bibl. de Reims, in-f° ms., visites, 1663.*)

(2) On lit ces inscriptions sur les cloches de Sorbon, qui remontent toutes à la même époque. Grosse cloche : *Nous avons été bénite en 1822 par M. Ludinart, curé de Rethel. J'ai eu pour parrain*

Deux ormes magnifiques ombragent l'église au couchant et semblent inviter les habitants à tenir, comme autrefois, leurs assemblées sous leurs rameaux séculaires. A cet endroit, une statue de Robert de Sorbon se dresserait dans un site véritablement pittoresque.

Le patron de la cure de Sorbon, c'est à dire le présentateur du titulaire, était jusqu'à la Révolution l'abbé de Saint-Benoît de Fleury-sur-Loire, en vertu d'une donation de l'autel du lieu faite à cette abbaye en 1119, par Raoul-le-Verd, archevêque de Reims (1). Ce fut évidemment cette concession qui fit placer sous le vocable de saint Benoît la paroisse et l'église, comme elles le sont encore actuellement. Les décimateurs étaient, pour des parts inégales, le prieur d'Arnicourt et le curé de Sorbon, ainsi qu'on le verra dans le questionnaire de 1774, reproduit en appendice. Ces documents concordent entre eux. On trouvera également, parmi les pièces justificatives, la donation que fit en 1202 à Saint-Nicaise de Reims un curé de Sorbon, nommé Herbert, à la veille de son départ pour Jérusalem, où il se rendait comme croisé.

Mʳ le chevalier *Frédéric-Jean-François de Caravel, sous-préfet de Rethel, chevalier de l'ordre royal de la Légion d'honneur, et pour marraine dame Élisabeth-Marguerite d'Arancy, vicomtesse de Rémont, demeurante à Arnicourt, lesquels m'ont donné les noms de Françoise-Élisabeth. Fondue par Antoine et Loisaux.* — Moyenne : *J'ai été bénite en 1822, mon parrain est* Mʳ *le comte Alexandre-Eugène de Lantage et ma marraine dame Madelaine-Henriette de Rémont, comtesse de Lantage, demeurante à Arnicourt, lesquels m'ont donné les noms de Henriette-Alexandrine.* — Petite : *J'ai été bénite en 1822, mon parrain est* M. *Jean-Nicolas Namur, maire de la commune de Sorbon, et ma marraine* Mᵐᵉ *Marie-Nicole Baudet, son épouse, lesquels m'ont donné les noms Marie-Nicole.*

(1) *Annales ordinis sancti Benedicti,* t. VI, p. 35. La charte à l'appendice de l'ouvrage de M. Carré, cité plus loin.

En 1280 apparaît un autre curé de Sorbon, Regnault, qui servit avec Girard, curé de Mesmont, d'arbitre au prieur d'Arnicourt dans une contestation relative aux dîmes d'Ossoigne (1). Leurs successeurs à la cure du lieu ne sont pas connus avant le xvii° siècle, époque où la tenue des registres paroissiaux commença à devenir régulière et intéressante. On trouve dans les registres la suite des curés et plusieurs mentions écrites par eux, en dehors des actes, pour relater les faits notables, les incendies de Dyonne en 1772, et de Sorbon en 1759.

Une dépendance de Sorbon dont nous avons déjà parlé, la cense de Dyonne, fut l'objet de fréquents conflits entre les curés de Sorbon chargés de la desservir et les religieux prémontrés de Saint-Martin de Laon, qui en étaient les propriétaires. Leurs procès à cette occasion sont résumés dans la notice rédigée en 1774 par Robert Carré, qui maintint jusqu'à la fin les droits paroissiaux à l'encontre des réguliers (2).

Les religieux de Saint-Remi de Reims percevaient à Sorbon une rente de six muids de froment. La paroisse eut, d'ailleurs, de fréquents rapports avec le prieuré d'Arnicourt, de l'ordre de Saint-Benoît, qui relevait comme elle de l'abbaye de Fleury-sur-Loire, depuis la donation de Raoul-le-Verd en 1119. L'histoire de ce prieuré, accompagnée de documents inédits tirés des

(1) Charte d'octobre 1280, aux Archives nationales, L, 1002.
(2) Depuis le concordat, les curés de Sorbon furent MM. Landragin 1804, Miroy 1805, Mouret 1807, Berlin 1813, Miroy 1813, Point 1826, Billaudel 1833, Massy 1839, Galichet 1847, Baudet 1862, Carbon 1875, Chardonnet 1878, Leblanc 1886, et l'abbé H. Comès, desservant actuel, qui voulut bien s'associer activement à notre entreprise.

Archives nationales, vient de mettre au jour treize
chartes du moyen âge contenant plusieurs détails sur
les seigneurs, les curés et les revenus de Sorbon (1).

(1) *Notes sur le prieuré d'Arnicourt, arrondissement et canton de
Rethel, au diocèse de Reims, suivies de renseignements sur la paroisse,
avec pièces justificatives,* par l'abbé J.-B. E. CARNÉ, vicaire à Sceaux,
Sceaux, Charaire, 1887, in-8° de 72 p.

IV

Justice et anciennes Familles

Nous avons indiqué déjà la charte communale octroyée en 1262 et confirmée successivement par tous les seigneurs. Ceux-ci perçurent les droits féodaux et exercèrent la justice par le moyen des lieutenants, procureurs fiscaux et greffiers qui se succédèrent jusqu'à la Révolution. Les registres paroissiaux, minutieusement consultés, nous ont révélé les noms de quelques-uns de ces officiers dont les descendants subsistent encore dans la contrée. En 1611, Jacques Luciller était juge féodal de Sorbon ; dès avant 1756 jusqu'en 1789, ce poste fut rempli par J.-B. Hainguerlot, qui devint syndic municipal de la commune dans la nouvelle organisation (1). Les procureurs fiscaux étaient : en 1611, Adam Robert ; en 1724, Jean Bégny ; en 1726, Pierre Hainguerlot. Les greffiers connus sont : Jacques Petit en 1611, Jean Jonet en 1773 et Pierre Hachette en 1776. Nous trouvons même à Sorbon un notaire et sergent royal qui se nommait Jean Collinard, et mourut en 1727.

Les anciennes familles, dont l'existence est constatée par les registres depuis le commencement du xviie siècle, se retrouvent encore dans le village même ou

(1) Originaire de Seuil, où ses membres exerçaient au xviie siècle les fonctions de notaire, cette famille a donné d'excellents administrateurs à la commune de Sorbon et compte d'honorables rejetons dans tous les environs.

dans les pays voisins. Citons les noms de Harsigny, Mercier, Holleaux, Pasquier, Duguet, Arnould, Berque, Cailteaux, Villemet, Carré, Piot, Regnier, Dervin, Joly, Ronsin, Faynot, Namur, Cornet, Charpentier, si connus dans la région et portés encore si honorablement. Les maires et les adjoints de Sorbon appartiennent tous à ces lignées patriarcales (1).

Les anciens maîtres d'écoles sont connus dès la fin du xvii⁰ siècle, et les instituteurs modernes leur ont succédé sans interruption avec de longs états de service (2). Depuis des siècles, l'instruction est donc répandue et perpétuée dans la patrie de Robert de Sorbon.

(1) MM. Pasquier, Hainguerlot, Namur, Charpentier, Carré, Cailteaux, Philippoteaux, Cornet et Dervin, maire actuel.

(2) MM. Pasquier en 1789, Commun en 1793, Douté en 1842, Bonnaire en 1847, et Hay en 1881.

V

Le passé et le présent du Village

Un village heureux n'a pas d'histoire, mais sitôt qu'il a été victime de calamités, les chroniqueurs et les annalistes en consignent le récit dans leurs mémoires. Tel est le cas de Sorbon au milieu du xviiᵉ siècle.

Oudart Coquault et Jean Taté ont dépeint l'horreur des luttes de la Fronde dans les environs de Reims, de Rethel et de Château-Porcien. Les effroyables désastres que les guerres civiles causèrent alors à notre province semblent s'être réunies tous pour accabler le village de Sorbon, florissant et prospère auparavant, mais exposé par sa situation entre deux places fortes aux chocs de tous les envahisseurs (1). On lira à l'appendice la description qu'en fit, en 1657, le lieutenant de Fabert, Terruel, chargé de vérifier sur place les ruines et la misère des campagnards. Les habitants étaient tous réfugiés à Rethel, leurs maisons avaient été réduites en cendre, l'église restait debout avec ses seuls

(1) Certificat donné le 22 octobre 1659 en forme d'acte de notoriété à Jacques Boucher, « écuyer, sieur de Richebourg et de Sorbon, par les principaux officiers et gens du conseil de la ville de Rethel, faisant foi du pillage et désordre arrivé en sa maison de Sorbon près Rethel, à lui appartenante, causés par les ennemis de l'Estat, qui fait que le produisant est dans l'indigence de tiltres et ne peut rendre sa preuve si forte qu'elle est constante par la vérité. » Cfr. CAUMARTIN, *Nobiliaire de Champagne*, Famille Boucher.

gros murs, le terroir était ravagé et presque inculte (1).
Cependant les impôts frappaient encore ces misérables
laboureurs, dont les plaies ne purent se guérir qu'un
demi-siècle après. On en garda un vivace souvenir, et nul
fléau en notre siècle ne peut donner l'idée de semblables
destructions. Il fallut reprendre courage, rebâtir les
habitations et les granges, faire germer de nouvelles
moissons sur le sol appauvri, comme pour affirmer que les
forces humaines viennent à bout de tous les relèvements.

Au cours du xviii° siècle, la communauté était
rétablie, sinon riche et pleinement satisfaite, du moins
le travail avait accru la plupart des familles et satisfait
aux premiers besoins. Le clocher couronnait de nouveau
l'église (2). En 1774, la population avait repris son chiffre
d'environ quatre cents habitants, les hommes s'occupant
aux rudes besognes des champs, quelques-uns fabriquant
de la serge, les femmes filant le chanvre, personne ne
mendiant, au témoignage du curé Robert Carez : « On
n'est ici, ajoutait-il, ni pauvre ni riche, plus pauvre que
riche. » La Révolution et les guerres de l'Empire n'arrê-
tèrent point l'essor qui se manifesta dès lors, et notre
siècle vit une longue période d'aisance et d'accroissement
dans la valeur des biens. Actuellement, le terroir se
divise en terres cultivées (932 h.), prairies naturelles
(239 h.), bois (195 h.), jardins et vergers, terrains bâtis
et routes (77 h.), soit au total 1,443 hectares, presque

(1) Voici le tableau qu'en dressait Mabillon en précisant son
histoire : « Hic locus situs est haud procul ab Axonæ dextra ripa,
inter Regiteste et Castrum-Porciani, Roberti de Sorbona ortu insi-
gnitus, sed modo fere in solitudinem redactus : cujus loci ecclesiæ
solæ parietinæ restant. » (Annales ordinis S. Benedicti, t. VI, p. 35.)

(2) La vue de Sorbon reproduite ici a été faite par M. l'abbé
Chevallier, d'après un dessin de Mlle Carré, de Sorbon.

tous productifs et habilement exploités par la méthode expérimentale aidée des progrès réalisés par la science.

Il nous reste à souhaiter que tant d'efforts laborieux puissent conjurer, comme autrefois, les causes d'insuccès trop fréquentes dans les affaires humaines, et maintenir en même temps au sein de la patrie du fondateur de la Sorbonne les vertus de famille et les qualités morales qui rendent seules les populations heureuses et vraiment libres.

APPENDICE.

I

Donation de Herbert, curé de Sorbon, croisé en 1202,
à l'abbaye Saint-Nicaise de Reims.

B. prepositus, L. decanus, H. cantor, ceterique Remensis
ecclesie fratres, omnibus ad quos littere iste pervenerint in
Domino salutem. Noverit universitas vestra quod constitutus
in presentia nostra dilectus noster Herbertus presbiter de Sorbon, cruce signatus, de salute anime sue sollicitus, volens
etiam diem messionis extreme misericordie bonis operibus
prevenire, pratum suum quod habebat juxta villam que dici-
tur Ressun (1), dedit in elemosinam liberaliter et concessit
ecclesie sancti Nichasii, ita tamen quod ipse Deo volente
Jherosolimam profecturus, si a partibus Jherosolimitanis,

(1) *Resson*, commune de Pargny-Resson, canton de Rethel (Ardennes).

Domino concedente, redierit, pratum illud quandiu vixerit possidebit; post decessum autem ejus Waltero presbitero de Tanniun (1) nepoti suo idem pratum in vita sua tenendum concessit. Post mortem vero utriusque pratum illud ad ecclesiam Sancti Nichasii libere redibit. Donec autem idem Herbertus a sua fuerit peregrinatione regressus, eadem ecclesia interim ejusdem prati fructus percipiet. Nos autem in hujus rei testimonium presentes litteras scribi fecimus et sigilli nostri munimine roborari. Actum anno Domini M° CC° II°.

(Bibliothèque de Reims, Manuscrits, Cartulaire de l'abbaye de Saint-Nicaise, f° 103.)

II

Charte de Sorbon (25 juin 1262), d'après une copie faite en 1277, conservée aux Archives de Reims (2).

Universis presentes litteras inspecturis, Magistri Symon Matifardi (3) et Johannes de Villa Gardana, canonici et officiales remenses, in Domino salutem. Noveritis nos anno Domini millesimo ducentesimo septuagesimo septimo, feria sexta post octabas Trinitatis, vidisse in hec verba litteras sigillatas sigillis dominorum Aubrici domini de Sourbon, Guillelmi et Joffridi fratrum militum, necnon quandam cedulam scriptam et unam

(1) *Tagnon,* commune du canton de Juniville (Ardennes).

(2) Ce dépôt possède quatre copies de la charte de Sorbon, l'une du xiii° siècle sur parchemin, et les trois autres modernes. Le vidimus de 1277, reproduit ici, est complet, mais il n'offre pas un texte sans fautes. Nous les avons corrigées avec l'aide de M. L. Demaison, archiviste de Reims, sur un vidimus de 1303, dont nous n'avons plus malheureusement qu'une très mauvaise transcription faite au xvii° siècle par un copiste inexpérimenté.

(3) Simon Matifard, évêque de Paris, en 1289, après avoir été chanoine et official de Reims.

cum dictis litteris sagillatam sigillis domini Gilonis de Rossin, militis, domini de Castro Portuensi, et domine Ysabelle ejus uxoris, prout prima facie apparebat, et quarum litterarum et cedule tenores verbo ad verbum tales sunt :

A tous ceuls qui sont et qui a venir sont, qui ces presentes lettres verront et orront, Je Aubris, chevaliers et sires de Sorbon, Guillaumes et Joffrois, mi frere chevalier, salut en nostre Signeur. Sachent tuit que nous avons ottroié, donnée et mise nostre ville de Sorbon et tous ceuls qui y sont et des ores en avant y venront et seront à assise et à franchise perpetuelment par mi cinquante livres de parisis en la vaillance et huit muis de froument a la mesure de Chastel en Porciens (1), les quelz deniers et lequel blef, le masnier (2) de celle dite ville seront tenu a rendre a nous et à nos hoirs chascun an perpetuelment a tels termes : c'est assavoir a feste saint Remy en vandanges le huit muis de froument dessus dis et vint livres de parisis, et a la saint Remy aus vint jours après, trente livres de parisis, et avons ottroié aux hommes devant dis que il eslirent de aus meismes dis hommes des quels li seigneur feront lor maieur dou quel que ils vorront et d'un autre leur franc sergent et des autres li trois seront eschevin et li cinq jureit. Li dit maires, eschevin et jureit feront fauteitaus seigneurs et a la ville et jurront qu'il garderont les drois aus signeurs et a la ville loiaument. Et se aucuns de ces dis hommes morait, se c'est li maires ou li frans sergens li signeur feront des autres maieur ou franc sergent, des qu'il vorront des huit, et li demourant des huit esliront autres en lieu de celui ou de ceux qui defaurront pour faire l'office de celui ou de ceuls qui defauroient ou pour mort ou autrement. Et se il défailloit aucun des jurez ou des eschevins ou moroit, li autre esliroient autre en lieu de ceux pour mettre en l'office des deffaillans. Etse cils cui ilz esliroient le

---

(1). *Château-Porcien*, chef-lieu de canton, sur l'Aisne, arrondissement de Rethel (Ardennes), jadis siège d'un comté important, dont relevait féodalement la seigneurie de Sorbon, distante de deux lieues à peine.

(2) *Masnier*, habitants, manants, *mansionarii*.

refuso (i)t, il seroit à cinq sols d'amende et si esliroient un autre que li. Li devant diz maires, frans hom, eschevin et jureit seront chascun an renouveleit s'il ne demeure par l'acort des seigneurs et de la ville ; et li devant dit dis homme esliront autres dis et de la ville de aus meismes, se il voient qu'il soient souffissant ; et de ces dis que il esliront, li signeur feront de l'un maieur et de l'autre franc sergent et li autre demorront juret et eschevin, si comme il est devant ordenet et dit, et ce meismes pooir que cil dis homme devant dit avoient, cil aueront et cil qui après venront et seront esleu d'an en an a tous jours. Cils qui sera maires sera quites de l'assise d'autres coustumes, et de tous servitudes tant comme il sera maires, et se il fait creance aus signeurs ou il lor fait avoir aucune aucune chose, li sires a cui il l'avera fait avoir, sera tenus au maieur a rendre quinse jours apres l'année, et se il ne li rendoit, li jureit li renderoient de sa partie de l'assise et de tant comme il paieroient de debte congneue il seroient quitte au seigneur. Li eschevin jugeront aus us et aus coustumes de la court l'arcediacre de Reins et jugeront de toute chose et de tous cas qui seront qui naisteront et avenront en terroir de Sorbon et en la ville. Li eschevin et li jurei ont renom et seront creu de ce que il raporteront loiaument par leurs sairemens et chascuns de aus par soy. Li juret feront la taille de l'assise loiaument par lors sairemens a chascun de la communauteit de Sorbon, et seur ceuls qui tenront en terroir et en la ville selon ce qu'il verront que raison sera, et asseneront a chascun sa porcion, et cil qui estoie(n)t a assise aus seigneurs, la renderont aus jurés et il en seront quite aus seigneurs et après euls leur hoir seront a la commune assise, et cils qui ne paiera sa portion qui seraa lui assenée a terme que li jureit metera il sera a dis sols et demi d'amende et li seigneur le contrainderont a paier s'il ha vaillant en ban de la ville et il ha vaillant avoir et li jureit en seront quitte et delivré. Et cil qui en la ville ne demorront s'il ne welent paier tele portion que on assenera a ce qu'il tenront en terroir et en la ville de Sorbon, li seigneur les contraindront par la saisine de

lor biens ou en autre maniere au paier et li jureit en seront
quitte. Et se nuls disoit villenie aus jurez pour l'occoison de
l'assise se li jurez s'en claimme, il sera a deux sols et demi
d'amende. Li jureit feront le paiement aus seigneurs ou a lors
femmes, a leurs hoirs ou a leur maieur chascun an, et en
feront le compte aus termes dessus diz. Et quand on mesurra
le froument li maires traira le roisel (1) loiaument par son
sairement, et se il ne le traioit, li uns des jurez li traioit loiaument et pour son sairement; et se il avenoit que noise ne
bestens (2) naissist dou compte dou paiement des deniers ou
dou froument, on en croiroit les jurez par leur sairement. Li
jureit et li eschevin esliront un doien qui fera fauteit aus seigneurs et a la ville et menra loiaument les hostes aus seigneurs
a hostel et lor chevaus en tel maniere qu'il ne porra l'un
grever ne que l'autre par son sairement et se li doiens n'est en
la ville, sa femme ou sa maisnie les menront. Li doiens fera
les semonces et les adjournements, et se il n'est en la ville, sa
femme ou sa maisnie les fera et se cils qui avera fait adjour-
ner ne se presente, li autre partie ne fera apoint d'amende;
li doiens sera creus des semonces et des adjournements de ce
qu'il en dira par son sairement sans contredit; li doiens sera
remuez chascun an, se il ne plaist aus jurez et aus eschevins ;
cil de la ville a la requeste dou doien ne doivent herbeger
que deux chevaus, se ce n'est pour assanblée de nouvelle
chevalerie ou pour mariage; et cil de la ville doivent aus chevaus livrer fourrage, se il l'ont, et se il ne l'ont, tel com leur
cheval mengeront, et a celui qui les chevaus gardera un
couissin et deux dras, et ce c'est homs de valeur ils le doivent
aaisier de lit, au dit dou doien, selonc leur aisement ; et cilz
qui refuseroit a herbergier les hostes aus seigneurs a la
requeste dou doien, il sera a six deniers d'amende toutes les
fois qu'il refuseroit a la requeste dou doien ; après se aucuns,
hom de la ville estoit pris ou arrestez pour aucun des seigneurs;

(1) *Roisel*, mesure de capacité, voir Du Cange, *Glossaire*, v° *resale*.
(2) *Bestens*, querelle, dispute.

cils pour qui il seroit pris ou arrestez seroit tenuz celui a
delivrer au sien et se li homs pris ou arrestez y avoit damages,
li sires pour qui il seroit einsi damagiez seroit tenuz au rendre
ses damages, et s'il ne li rendoit, li juret li renderoient de la
partie a celui seigneur par cui il seroit einsi damagiez, et se la
partie de l'assise d'une année de celui seigneur ne souffissoit
et il ne la voloit parpaier dou sien, li juret la paieroient de sa
partie de l'assise des autres années après tant que il seroit tous
desdamagiez des damages qui seroient congneu et proué; et
se aucuns hom de la ville estoit pris ou arrestez pour son
fait ou pour soi proprement, li seigneur le doivent requerre
au leur la première fois parmi droit faisant, et se il ne le
puelent ravoir, il doivent prier et requerre selon leur sairement qu'on li face droit la première fois au leur, et se on y
wet plus mener le seigneur, li sires y est tenus a aler; et se
li homs est trouvez en son tort, il sera tenus aus seigneurs
qui le requerront a rendre lor coustanges en bonne foy, fors
que de la première fois; après, s'il avenoit que pour l'ocoi-
son des seigneurs ou pour leur fait la ville fust arse ou gasté
li bien des chans, il seroit quitte celle année de l'assise.
Après, se aucuns des seigneurs fait d'un de ses filz chevalier
ou mariage d'une de ses filles, li homme de la ville sont tenu
a rendre au seigneur qui le chevalier fera ou le mariage de sa
fille, huit livres de parisis ou la valeur; et après les signeurs
qui ore sont, li homme ne seront mie tenu a donner les huit
livres devant dites, se li sires qui son fil chevalier fera ou sa
fille mariera n'a au mains la tierce partie en ban et en la justice de toute la ville. Après, se li seigneurs ou li maires traient
aucun homme en plait devant le maieur et les eschevins et de
ce plait il convenoit que jugemens en fust enquis, li une
partie et li autre seront bien seur que cil que encherroit
paieroit tous les cous aus eschevins, et se li seigneur ou lor
maires voloient souffrir d'un jugement querre de la querelle
quil averoient meue dusques a deux autres qui escherroient
ou dusques a trois ou a quatre, il puelent souffrir et s'il
encheoient il paieroient lor partie des despens a l'avenant des

jugemens ; li corps aus eschevins sont jugié d'un jugement
querre a Reins six sols, de deux et de plus sept sols et non
plus, et plus ne puelent il monter, et cil qui encherront
chascuns paiera de sept sols a son avenant pour une alée de
jugement querre. Après, de petite querelle qui ne passe dix
sols, li eschevin ne sont mie tenu a aler a Reins pour jugement
querre, mais a Chastel, et d'aler a Chastel pour un jugement
deux sols de deux, ou de plus deux sols et demi doivent avoir
et non plus. Après, li seigneur ou lor maires pour chose qu'il
demandent a homme de la communauteit ou autres hom par
clameur ne puelent celui penre ne retenir se il ha vaillant le
forfait ou le claim, et se il le prenent par aventure ne pre-
noient, il seront tenu a rendre aus jurés et aus eschevins le
jour meismes que il sera pris, se il ha vaillant le forfait ou le
claim, et s'il ne l'avoit vaillant ou li sires disoit qu'il ne l'eust
vaillant, se li jureit ou li eschevin ou autre voloient faire
sauve seurteit de tant comme li forfais ou li claims monteroit
par droit, li sires qui le tenoit seroit tenuz au rendre a la
requeste des jurez et des eschevins parmi droit faisant. Après,
li signeur ne puelent traire les hommes de la ville de Sorbon
en plait fors dou ban de la ville et s'il avenoit qu'il occquise-
nassent (1) aucun homme de la ville sauf ce que nuls ne s'en
clamast ne sans monstrance (2) dont jureit et eschevins ne
fussent parent, cil qui il occqiseneroient s'en porroit passer
par sa seule main, et se aucuns monstroit par devant le seigneur qu'on li heust meffait sans clameur et il y avoit jurez ou
eschevins qui fussent parent de celle monstrée (3), cil [sur] (4)
qui la monstrée seroit faite, seroit tenus a soi escondire lui
septisme ou a amender. Après, li seigneur doivent avoir cinq
corvées chascun an de la communitet de la ville de Sorbon de
ceux qui chevaus traians averont, trois qu'il tienent dou coté

(1) *Occquisener*, tracasser, molester.
(2) *Monstrance*, preuve, démonstration en justice.
(3) *Monstrée*, comme *monstrance*.
(4) D'après le vidimus de 1303 copié au xvii° siècle, le texte de 1277 donne : *seroit*.
ce qui n'offre aucun sens.

de Retest et deux de par eux que les trois seront a leurs terres cultiver, l'une aus mars, l'autre a verser et l'autre a (1) retailler (2), l'autre a leurs foins amener de lors prés de Sorbon et de Maheris (3). Et se il avient que quant li signeur semonront les corvées que li homs ait aucuns de ses chevaus malades, il paiera la corvée des chevaus haitiez (4) se li seigneur la welent penre, et sera quittes dou malade, et se il wet atendre tant que li chevaus soit haitiez, li seigneur l'averont de tous les chevaus l'autre corvée a lor laingnier (5), amener dou bois de Signy ou de Mortiers (6) ou d'ausi loing deça la crete d'Aise (7). Et qui avera quatre chevaux ou trois, en porra passer par deux sans meffait dou laignier a mener tant seulement. Et s'il ne sont semont dedens l'an pour le laingnier amener, il sera quitte de la corvée de celle année, et se il vont au bos le seigneur pour laingnier, il seront quitte d'aler ailleurs pour laingnier celle année, et par leur sairement il ne puelent semonre corvée au laingnier, se ce n'est pour eux proprement. Li seigneurs doivent donner le pain pour le jour passer a ceuls qui vont aux corvées et se il ne l'avoient, ils ne seroient mie tenut a aler autre fois a corvée tant qu'il l'averoient et qu'il lor seroit rendus ; et ces cinq corvées devant dites doivent estre paiés au signeur chascun an a tous ensamble non mie a chascun par soy ; et se aucuns est semons en la corvée, qu'il soit louez ou soit en voiture (8), et il dit par son sairement qu'il fust louez ou estoit en voiture, il seroit tenuz a paier la corvée au revenir, ou paier six deniers de chascun

(1) Le texte de 1277 ajoute : *il*.

(2) *Retailler*, probablement donner un second labour.

(3) *Maheris*, il n'existe pas de village de ce nom dans les environs de Sorbon ; il s'agit d'un simple lieu dit actuel, *le bois de Mahéry*, section C du cadastre.

(4) *Haitiez*, sains, bien portants.

(5) *Laingnier*, provision de bois.

(6) *Signy-l'Abbaye*, commune entourée d'une magnifique forêt à cinq lieues n. de Sorbon. — *Mortiers* en est une dépendance.

(7) La crète d'Aise est un des sommets du massif forestier qui s'étend entre Launois et Poix-Terron (Ardennes).

(8) D'après la copie du vidimus de 1303. Le texte de 1277 donne *ennortez*, ce qui est sûrement une faute.

cheval pour la corvée se li sires wet et a tant il sera quittes.
Après, li homme de la ville qui n'ont chevaux seront tenu a
paier au signeur de la ville a tous ensamble non mie a chascun par soy, deux corvées de bras, l'une en la vingne, ou au
courtil foir (1), et l'autre au fanner les prez, et qui la corvée
ne porra paier, ou ne vorra, il sera quittes pour trois deniers
parisis fors que li faucheur qui paieront la corvée einsi
comme il suelent, et cil qui les corvées feront, averont leur
pain pour le jour passer, si comme il est desseur dit. Si se
puelent li homme de la ville de Sorbon marier par tout fors
de la terre le conte de Rethest a femme qui n'ait poursuite (2),
et si amenra la femme en la ville de Sorbon s'il wet, et se il
wet, il porra demourer la ou il penra la femme, en dedens il
paiera sa portion de l'assise de ce qu'il tenra en la ville et en
terroir. Après, il puelent marier leurs filles et lors fiex par
tout ou ils vorront, fors de la terre le conte de Retest ; et se
li homs donne a sa fille ou a son fil eritage, cils qui la penra,
li fiex et cils qui penra la fille, sera tenuz a paier tel portion
que on assenera a lui de l'assise tant comme il tenra l'eritage,
et se ne porra vendre l'eritage a autre que aus bourgois de la
ville ou a homme qui en devengne bourgois. Après, la communitez de la ville doit aler en chevauchies de Sorbon par
raisonnable neccessité, ou pour essoine apparant, si comme
pour euls meismes ou pour lor signeur ou pour leur ami
charnel en tel maniere qu'il n'eslongeront mie la ville de
Sorbon oultre sept lieues; les deux des hommes de la ville
iront en la chevauchie qui esleut seront par les eschevins ou
par les jurez et la tierce partie ramanra pour la ville garder,
et cil qui iront en la chevauchie que en aler que en venir que
en demourer en la chevauchie par deux jours, il viveront dou
leur, et se li sires les wet plus tenir, il seront a la coustange
des seigneurs dou tout, et s'il vont a Chastel en Portiens par

(1) Le *courtil foir*, bêcher le jardin.
(2) *Poursuite,* le droit de suivre et de réclamer un serf qui a quitté son domicile
sans le congé de son seigneur.

semonre, ils averont lors despens einsi comme il suelent. Qui
a la chevanchie n'iroit, il seroit a quatre sols d'amende, et cils
qui malade seroit ou autre essoine (1) loial averoit, et qui
averoit sa femme gisant, qui n'aroit fil ou sergent qui aler y
puissent, seront quitte de la chevauchie, et se li sires les tient
oultre deux jours et il ne lor livroit lors despens, il ne seront
mie tenu a aler a autre chevauchie pour celui seigneur devant
qu'il lor ait rendus lors despens raisonnablement et li seigneur paieront la moitié de la coustange des armes mener et
la ville l'autre, quant on ira a la chevauchie ou cils sires qui
les menra; et li despens que li homme de la ville feront en la
chevauchie pour deux jours qu'il doivent estre au leur, seront
levé dou commun de la ville aussi comme l'assise; li seigneur de la ville einsi comme il venront en la seignourie de la
ville, einsois qu'il prengnent en la ville ne assise ne autre
chose, doivent faire fauteit a la ville et la ville a euls, et
doivent jurer especiaument qu'il ne semonront homme de la
ville en la chevauchie faussement, ne par malice, ne pour
avoir dou leur; et se li juret de la ville pooient apercevoir que
li uns des seigneurs le feist einsi, li autre seigneur a la
requeste des jurez la porroient contremander, et s'il la contre-
mandoient, li home de la ville porroient demourer sans meffait, et li seigneur devant dit qui or sont, c'est assavoir mes-
sires Aubris, Willaumes et Joffrois, chevaliers, feront les
chevauchies, mais après euls, nuls des signeurs n'averont les
chevauchies, ne les semonces des chevauchies, s'il n'a au
mains la tierce partie en ban et en la justice de toute la ville.
Li signeur de Sorbon ne puelent avoir bourgois ne homme qui
soit a assise nommée en la ville de Sorbon ne es fins d'ycelle
ville, ne apertement, ne couvertement, mais tuit li homme
qui maindront en celle ville, ne es fin d'ycelle ville, soit en
mains, s'on li faisoit, soit ailleurs seront de la commune assise
de la ville et seront tenu a jurer l'assise et la franchise de la
ville loiaument; et se aucuns hommes estranges vient en la

(1) *Essoinne*, excuse légale.

ville pour manoir, il s'en porra raler franchement quant il vorra, mais s'il acquestoit éritage en la ville, il paiera sa porcion de l'assise tant comme il le tenra, et se il le wet vendre, il sera tenus au vendre éritage aus hommes de la ville ou a celui qui bourgois en vorra estre. La ville de Sorbon sera des ores en avant a tous jours a un maieur et a une justice, ne ne porra la ville estre departie qu'elle ne soit ades (1) à un maieur et a une justice. Après, se il convient faire despens pour les besognes et pour les droitures de la ville a retenir, cil despens seront leveit de la ville par les jurez einsi comme l'assise. Après, li jureit et li eschevin rapporteront pleins sairemens tous les forfais que il verront faire de ceuls de la ville, en la ville ou en terroir dedens huit jours apres ce qu'il l'averont veu, et il en seront creu sans contredit. Et se il ne renunçoient les forfais qu'il averoient veuz dedens wit jours, li renons (2) ne vaurroient mie, et dedens huit jours vaurroient. Toutes les fois que jureit et eschevin seront ensamble pour consillier et pour traitier des besongnes de la ville, s'il se dit villenie li uns a autres, il n'i ha point de renom ne d'amende. Après, la communitez de Sorbon avera et tenra toutes les aisences et les pasturages des ci en avant qu'il ont heut et tenu et en usera on en pais, et li pasturage seront deviset par les hommes de la ville qui ad ce faire seront esleu par les seigneurs, par les jurez et par les eschevins de la ville, et se on treuve que aucuns en ait entrepris, il sera relaissies par ces hommes sens amende et remis en pasturage de la ville, et les terres seront esbondées (3) de celle part, et qui après y trespasseroit, il seroit a deux sols et demi d'amende; li seigneur ne puèlent donner a autrui ne penre ne retenir pour caus des communes aaisences de la ville. Après, les voies seront devisées et les entrepresures que on trouvera seront sans amende, mais après ce qu'elles seront devisées, qui y entrepenroit, il seroit a

(1) *Ades*, toujours, sans cesse.
(2) *Renom*, dénonciation.
(3) *Esbonder*, borner.

deux sols et demi d'amende. Après, les terres au seigneur
sont devisées, si comme les autres, par les hommes qui ad ce
seront esleu et chascun ira a sa terre ou a son pré au mains
de damage qu'il porra et mener son fiens tant comme les
terres sont wides, aussi bien parmi les terres au seigneur
comme parmi les autres sans meffait et s'elle (s) sont plaines,
cils qui iroit seroit quites parmi le damage rendant. Quiquonques vendera vin a broche en la ville, il paiera pour le
tonel demi sestier de vin, et pour la keue une quarte. Et quiquonques vendera vin a broche en la ville, il l'atravenera (1)
par eschevins et par jurez, par leur esgart et par leur prisié. Li
homme de la ville puelent faire molin a vent en quelque lieu
que ils vorront et il porront faire plus convenablement en
terroir de la ville de Sorbon et cils molins sera leurs propres
et tuit li preu dou molin pour faire leur volenté, sauf ce que
quant li molins sera fais et il sera molans, il seront tenut a
rendre au seigneur et a leur hoirs un mui de froument chascun
an a la mesure de Chastel, tant comme il sera molans, et se li
seigneur welent morre au molin, il paieront moture aussi com
li autres, et pour ce qu'il paieront moture leur ha on assenet
et establi ce mui de froument devant dit. Après, cils molins
sera banneuz aus hommes et aus masniers de la ville de Sorbon, et jusque a tant qu'il sera fait, il iront morre ou il vorront.
Les choses de l'eglise, ne des frans hommes, des clers qui ores
sont, qui n'ont paiet assise jusques a or, ne seront mie de
l'assise, s'il n'aquestent des ores en avant chose qui soit de
l'assise. Après, quiquonques vorra estre de l'assise il sera receuz
par jurez et par eschevins, et sera de la commune assise, et
s'il devoit aucune chose pour l'autre, li seigneur en averont la
moitié et la ville l'autre; s'il avenoit que terre ou prez ou autre
heritage venist en la main au seigneur en quelquonque maniere que ce fust, li seigneur seront tenu a mettre fors de la
main dedens an et jour et mettre en main villaine pour ce que
la porcion de l'assise en soit paié, et s'il ne trouvoient qui

1) *Atavrener*, vendre du vin au détail.

l'achetast, li homme de la ville l'acheteroient loyaument par jurez et par eschevins, einsi qu'on vent et achete les autres heritages. Ce li seigneur ou li maires trouvoient aucune chaude meslée (1), li seigneur ou li maires les porront penre et se seront tenut au rendre par la requeste des jurez et des eschevins parmi droit faisant le jour meismes que il le requerront, et ce cils se deffendoit ou il ne se laissoit penre, li seigneur ou li maires porront appeler des hommes de la ville des quels qu'ils vorront pour le penre par leur commandement ou par leur maieur, et s'il n'i aloit pour le penre, et il pooit estre prouvé par un homme et une femme, ou deus hommes ou un eschevin ou par un juret, il seroit a deus sols et demi d'amende, et s'il ne pooit estre prouvé et cil qui en sont appellet welent jurer qu'il ne l'oirent, ne entendirent qu'il en fusse (n) t appeleit il seront quitte, se ce non il seront a l'amende (2). Après, se li eschevin et li jurez voient aucun meffaire ou aucun d'eaus, sil a qui il le commanderont au penre seront tenut a penre, et se il non retiennent et il est raportet, il sera a amende de deux sols et demy, et s'il est rapporteit par juret ou par eschevins, et se cils deffent son corps qui devant ha estet pris, et aucuns de ceulx qui seroit appelez pour le penre le blessoit au penre, cils qui le blesseroit ne seroit a point d'amende. Chascuns porra son droit deffendre et prouver son entention et sa cause en plait par deux hommes et lui tiers ainsi com drois l'aporte. Après se aucuns boute (3) autre, ou sache ou hargote par ire faite sans férir, il sera a deux sols et demi d'amende. Apres se aucuns qui aage dit a autrui lait, c'est assavoir lierres (4) parjures ou foi mentie, ou il claimme femme putain, ou l'une femme l'autre, et il soit prové comme devant, il seront a deux sols et demi d'amende, s'il fut dit par mauta-

---

(1) *Chaude meslée;* rixe. *Variante...* aucun en chaude mellée, li seigneur ou leur maires le porroient panre...
(2) *Variante...* et ce non seront à l'amende.
(3) *Boute,* pousse; *sache,* tire; *hargote,* malmène.
(4) *Lierres,* voleur, larron.

lent (1); et s'il fiert sans arme et il n'i ait point de sanc, il
paiera cinq sols d'amende, et s'il fiert sans arme jusques au
sanc, il sera a quinse sols d'amende, s'il est prové et s'il feroit
d'arme jusques au sanc, il seroit a quarante sols, et se cils
qui averoit ferut ou blecié dont guerre soloit mouvoir entre
amis, ne voloit faire pais par les seigneurs par jurez et par
eschevins, et cil qui seroit ferus ne navrez ne se voloit acor-
der a pais par les seigneurs par jurez et par eschevins, li autre
de l'une partie ne de l'autre n'en feroient point de guerre,
eins le doivent eschuer (2), ne ne li doivent faire ne secours ne
aie; et se aucuns li aidoit en ce point et il fust prouvé, il seroit
a cent sòls d'amende au seigneur. Et li signeur doivent saisir
et tenir tous les biens à celui ou a ceuls qui pais ne vorront
faire, einsi comme il est devant dit et si feront en la chace (3)
les seigneurs et de lor amis jusque a tant qu'ils venroient a
pais. Après, quiquonques fera mourdre homicide, larrecin ou
rat ou ferra de coustel a pointe ses corps et si bien de haut et
de bas, seront en la volontet aus signeurs. Après, quiquonques
sera trouvez damage faisant à autrui de nuit, à warde (4) faite,
et il en est prouvé, il sera a quinze sols d'amende, et qui sera
trouvez de jours a garde faisant, il sera a deux sols et demi
d'amende, s'il est prouvé, et du damage rendant par les
eschevins et se aucuns est trouvé damage faisant en champ,
en courtil, en vingne, en prez, a fruit d'arbre et il est
prouvé ou renonciet par homme qui ait renom, se c'est homs,
il paiera douze deniers, se ce est femme, elle paiera sis deniers,
et rendera les damages par eschevins. Après, se chevaus ou
bues ou asnes ou pors ou brebis ou oie est trouvez sans garde
en damage, et il est prové ou renuncié par homme qui ait
renom, on paiera pour le cheval deux deniers, pour le buef
II deniers, pour l'asne II deniers, pour le porc une maille,

(1) *Mautalent*, colère, mauvaise humeur.
(2) *Eschuer*, éviter.
(3) *Chace*, poursuite.
(4) *Warde*, garde.

pour la brebis une o. (1), et pour l'oie une maille, pour le fouc (2) de pors VI deniers, pour le fouc de brebis VI deniers, pour le fouc de oies ou de oisons I denier, et le damage rendant par eschevins. Li eschevin et li juret doivent eslire trois gardes ou plus se mestier est pour garder les blez au signeur et a la ville et les autres biens par leurs sairemens. Et cui il trouveront damage faisant, il seront tenut a renoncier au maieur par leur sairement, et il seront creu par leur sairement de ce qu'il diront, tout ensanble ou chascuns par soy. Et li seigneur s'il welent en prover ou appeller lequel qu'il vorront pour leurs biens garder, et il seront tenuz a paier son louier dou leur et s'il se welent souffrir aus gardes de la ville, il seront quittes dou louier — et ces dites gardes seront tenuz a faire feauté au signeur et a la ville. Après cils qui sera trouvez es biens les signeurs et il est prové ou renoncié par homme qui ait renom, il sera tenuz au damage rendre et l'amende dou forfait [se montera au double l'amende] des forfais des biens de la ville. Li homme de la ville paieront au seigneur leurs rentes de fouaces (3), de gelines, de chapons et dou sestrelage (4) et les rentes de lor terres acoustumées, et se li sires ou li maires refusoit aucune de ces choses, elles seront amendées et prises par l'esgart et par le dit des eschevins. Li jurez et li eschevins meteront par leur sairement les bans aus communs biens de la ville garder, selonc ce qu'il verront qu'il sera mestier et preuz a la ville. Li seigneurs et li eschesvin (5) [ensamble porront faire nouvelle institution en la ville s'il voient] que mestier soit. Et Je Aubris de Sorbon chevaliers et sires Willaumes mes freres, chevaliers, Haviz sa femme, Joffrois mes freres, chevaliers et Mehaus sa femme, nous loons, greons et approuvons ceste presente chartre et toutes les choses et les articles qui dedens sont contenues, et promettons

(1) *Obole.* Variante, une maille.
(2) *Fouc,* troupeau.
(3) *Fouace,* gâteau cuit au feu du foyer, d'où *focacia.*
(4) *Sestrelage,* droit de mesurage.
(5) Ici le texte manque au vidimus ; nous l'avons pris dans la copie.

par nos fois corporels que nous les tenrons et garderons tous
jours fermement et riens ne reclamerons en toutes ces choses,
ne venrons encontre par nous, ne par autre, ne par raison [de
droit (1) ne par autre, et pour ce que ce soit ferme et estable]
nous oubligons nous et nos hoirs perpetuelment et en porte-
rons loial garandise a la communité de la ville envers tous
ceuls qui a plait et a droit en vorront estre, et ce nous assen-
tons expressement, aloions et oubligons nous et nos hoirs
perpetuelment que il garderont et jurront toutes ces choses
fermement, einsois que il reprengnent riens en l'assise ne en
rentes de la ville et que ce soit ferme et estable. Nous Aubris,
Willaumes et Joffrois chevalier et freres avons seelé ceste
presente chartre et livrée seelée a la ville de Sorbon soubs nos
seauls.   Ce fut fait en l'an de l'Incarnation mil deux cens et
sexante et deux ans le landemain de la Decollation Saint
Jehan Baptiste. Sequitur tenor cedule : Je Giles Rossin, chevaliers, sires de Chastel en portien, et Je Ysabiaus sa femme
faisons congnissance a tous ceuls qui ces presentes lettres
verront et orront que nous a la requeste et a la priere mon-
seigneur Aubri de Sorbon, vicomte de la chastellerie de Chastel, volons, greons et approuvons ceste presente chartre, et
est enlacié comme seigneur souverain, et tous les poins qui
en celle meismes chartre sont devisié et escripte, chascuns par
lui et tous ensemble, tout einsi com messire Aubris de Sorbon
devant dis et si frere, c'est assavoir Messire Willaumes, madame Haviz sa femme, et Messire Joffroy et madame Mehaus
sa femme, chevalier, l'ont donnée et delivrée seelée de leurs
propres seaus à la ville de Sorbon et aus hommes d'icelle
meismes ville qui ores y sont et qui apres y seront permenablement a tous jours, si promettons nous Giles devant dis,
chevalier, et Ysabiaus sa femme par nos fois fiancies a tenir
et a faire tenir de nous et de nos hoirs a la ville de Sorbon et
aus hommes de celle meismes ville devant diz celle chartre
devant ditte et tous les poins de celle ditte chartre et chas-

(1) Pour le passage entre crochets, le texte manque au vidimus.

cuns par lui a tous jours permenablement et oubligons par
nos fois a toutes ces choses devant dictes nous et nos hoirs et
nos successeurs comme seigneurs souverains et que jamais a
nul jour nous n'irons encontre ne vorrons venir par nous ou
par autrui. En tesmongnage de ceste chose et pour ce que
ce soit ferme chose et estable a tous jours permenablement, Nous Giles, chevaliers, et Ysabiaus sa femme devant
dis, en avons données ces présentes lettres scelées de nos
propres seauls a la ville de Sorbon et aus hommes de celle
meismes ville devant diz, enlaciez a celle meisme chartre
devant dicte. Sor yce fu fait en l'an de l'Incarnation nostre
Signeur mil deus cens et sexante ou mois de Janvier.

In cujus rei testimonium presentibus litteris sigillum curie
Remensis duximus apponendum. Datum anno, etc.

*(Archives de Reims, Fonds Saint-Remi, Sorbon, pièces diverses, Ren-
seignements, nº 1, parchemin de 0ᵐ80 de hauteur sur 0ᵐ55 de largeur.*

III

Confirmation de la Charte de Sorbon par Gaucher de Châtillon.

(Vidimus de Mars 1303)

A tous ciaux qui ces presentes Lettres verront et orront,
nous Gauchiers de Chatillon, quens de Portiens et connestables
de France, faisons chause cognute que veue diligenment et
par grand deliberation la chartre des bonnes gens de Sorbon
el les arbitres *(sic)* qui sunt dedans contenues, laquelle chartre
contient la teneur qui s'ensuyt : A tous cise qui sont et qui
avenir sunt...
....
.............(suit le texte donné ci-dessus). ....

..................................Decollation sain
Jehan Baptiste. Nous devant dis Gauchiers, en tant comme il
nous puet toucher pour les hoires de Remigny (1), ne par
quelconques autres raisons ne cause que ce soit, la chartre
devant dite et tous les articles qui sont contenus dedans con-
fremons *(sic)*, loons et approuvons et permetons de non venir
encontre par nous ne par autrui. Ains la garderons fermemen-
et antierement a tous jours perpetuelment et volons et cont
sentons que ceste dite lettre sans montrer l'original de la dite
chartre face foi et plainne preuve contre nous, nos hoirs, nos
successeurs et tous ces qui de nous averoient cause et en obli-
gons nous, nos biens, nos hoirs et nos successeurs, tous, en
tesmoignage des quelles chauses et pour elles tenir fermement
et entièrement, nous avons seellé ces présentes lettres de nostre propre seel douquel nous usons et avons usés et entendons
auser. Donné en l'an de grace mil trois cens et trois au mois de
mars, le dimanche de pasques flories, et scellés sur double
queue, fil de soie, de cire verte.

*(Archives de Reims, Ibidem, d'après
une copie du XVIIᵉ siècle.)*

IV

*Guillaume de Sorbon, neveu et légataire
de Robert de Sorbon en 1297.*

Universis, Reginaldus (2), Dei permissionne abbas ecclesiæ
S. Dionisii Rhemensis, ac Guillelmus de Sorbonio, nepos quondam venerabilis viri M. Roberti de Sorbonio, canonici Pari-

(1) *Rumigny-en-Thiérache,* baronnie importante, dont Gaucher épousa l'héritière, Isabelle de Rumigny, veuve de Thibaut II, duc de Lorraine.
(2) Il s'agit ici de Renaud du Bourg, abbé de Saint-Denis de 1281 à 1310. (*La France pontificale,* p. 342.)

siensis, ejusdem ecclesiæ pænitentiarius, salutem in Domino.

Noverint universi quod nos confitemur et recognoscimus bona fide quod dictus Guillelmus debet tenere tanquam legatarius, seu usufructuarius solummodo quandiu vivet, quamdam domum quæ fuit dicti M. Roberti sitam in vico supra Sanctum Hilarium, per quem itur ad S. Genovefam, de qua mentio fit in testamento ipius Roberti, ratione testamenti ejusdem, et usumfructum seu legatum quandiu vivet idem Guillelmus solummodo percipere ex eodem; et quod dicta domus et proprietas ejusdem post decessum dicti Guillelmi reverti debet pacifice et quiete ad congregationem pauperum magistrorum Parisiensium secundum ordinationem testamenti predicti. In cujus rei testimonium, nos abbas prædictus præsentibus litteris duximus apponendum sigillum, anno 1297, feria secunda ante nativitatem S. Joannis Baptistæ.

(Cl. Heméré, *Robertus de Sorbona* Bibl. nat., ms. lat., 16575, f° 25 verso.)

V

Visite à Sorbon
de Terruel, lieutenant de Fabert,
au mois de février 1657.

Sorbon, au sʳ d'Harnicourt en partie, et Yonne à l'abbé de Sᵗ Martin de Loan *(sic)*. Terroir d'Yonne, mediocre et fort, 110 arpens à chaque roye. Près, 119 arpens. Bois 109 arpens. A présent nul bâtiment ni labeur.

Terroir de Sorbon, médiocre et partie bon : 466 arpens, 96 aux seigneurs, 20 aux habitans, retirez à Rethel, le surplus aux bourgeois des villes. Près, 166 arpens, la moitié aux seigneurs l'autre aux censes des villes. Bois, 200 arpens, la moitié aux seigneurs, l'autre aux censes susdites.

Usages, pasturages, 55 arpens en commun avec Arnicour. Charües, 7 1/2, compris une au fermier du seigneur. Mesnages pleins, 8, et 6 demy, retirés à Rethel, excepté le sencier du seigneur et 2 mannouvriers demeur⁴ dant le château.

Tout le village a esté bruslé et l'églize, ne restant à présent qu'une partie et la maison du seigneur au lieu.

200¹, payent à Rocroy 40¹ ; rien au Haynaut, Taille, 304¹.

(Extrait des notes de Terruel, liasses de la Bibliothèque Sainte-Geneviève de Paris, analysées par M. le comte de Barthélemy, 1886.)

VI

Attestation des dégâts causés à Sorbon par les guerres de la Fronde.

Du samedy quinzième jour du mois d'avril 1690.

L'audiance tenante par nous J.-B. Pauffin licencié es-lois juge en garde des terres et seignourye de Bertoncourt, faisant droit sur la requête judiciairement faite par Michel Robin pour les habitants de Retel, Nous lui avons acte de ce que Michel Midon agé de soixante *(en blanc)* ans, Jean le Cleve agé de soixante et douze ans, Philibert Marchand, agé de soixante et douze ans, Marie Migeon, agé de soixante et dix-neuf ans, Ponce Regnaux, agé de quatre-vingt ans ou environ, Jean Mellier, agé de cinq⁴ cinq ans et Jeanne Collin, sa fᵉ agée aussi de cinqᵗᵉ cinq ans, Polle Lepage et Marguerite Moreau âgé chacun de quatre vingt et six ans, Ponce Hachette agé de soixante et dix huit ans et Gille Couttin agé de cinq⁴ ans, Jean Leroy agé de soixante ans, tous habitants les plus anciens de Bertoncourt ont dit et déclaré et affirmé par serment en la manière accoutumée qu'il leur est notoire pour l'avoir veu que pendant

les siège et prise de Retel arrivé entre les années de mil six
cent cinq^{te} et cinquante quatre, le village de Sorbon elloigné
de Bertoncourt d'une demi lieu fut brullé et incendyé de sorte
que l'église et les maisons dudit Sorbon furent entièrement
ruiné a l'exception de deux maisons qui restèrent et qui furent
incontinent après demolies par la garnison de Rethel et que
pendant le siège dudit Rethel et longtemps après les habitants
dudit Sorbon étaient refugiés a Retel avec leurs bestiaux et
alloient de Retel labourer sur le terroir de Sorbon, de quoi a
été dressé le présent pour servir a ce que de raison.

(Extrait des registres de la Justice de Bertoncourt,
au greffe du Tribunal de Rethel, registre de 1690.)

VII

Paroisse de Sorbon

Réponses faites au Questionnaire envoyé par l'Archevêché de Reims
en 1774.

Curé. — Robert Carez, prêtre le 24 mars 1742, d'abord
vicaire à Fismes et à Saint-Hilaire de Reims, curé de Baslieux-
les-Fismes en 1743, puis de Villers-devant-le-Thour en 1745,
et enfin de Sorbon en 1754.

Présentateur. — M. l'abbé de Saint-Benoist-sur-Loire, c'est
Mgr l'Évêque de *(en blanc.)*

Seigneurs. — Le vicomte de Rémont, premier seigneur
demeurant cy-devant en son château d'Arnicourt, actuellement à celuy de La Folie, l'un et l'autre à une demie-lieu de
distance. Les seigneurs en partie, sans aucun domicile icy,
sont : Mlle d'Ambly, M. Cugnon d'Alincourt, M. de Chartogne
de La Folie, M. de Benat de Sery, etc... M. de Rémont vient

quelque fois habiter son château de Sorbon; quand il assiste à la messe de paroisse, il a la paix et le pain bénit d'une manière distinguée, du reste il n'en parle point. Peut-être que domicilié il en parleroit ou ses successeurs en parleront.

Justice. — En première instance la justice du lieu, de là Château-Porcien, ensuite Sainte-Manehould, enfin Chaalons-sur-Marne.

Intendance. — L'Intendance de Chaalons, subdélégation de Reims ou plutost Château-Porcien, élection de Reims, maîtrise des eaux et forêts de Sainte-Manehould.

Poste. — La Poste de Rethel Mazarin, il y a deux messagers qui nous apportent les lettres le Lundy et le Jeudy chaque semaine; s'il y a des paquets, nous avons la voiture du messager deux fois la semaine.

Décimateurs. — Le prieur titulaire d'Arnicourt jouit des 2/3 de la grosse dixme, loués chacun 600 l. C'est Dom René Gillot, cy devant prieur de Saint-Remy de Reims, ensuite de Saint-Denis en France, à présent *(en blanc)*, il en abandonne le revenu à l'abbaye de Saint-Germain des Prez. L'autre tiers dans la grosse dixme, le total des menues appartient à la cure de Sorbon. Point de dixme inféodée. Point de préciput sur les dixmes pour le curé. Le total des anciennes novalles appartient aussi à la cure.

Hameaux. — La Cense d'Yonne, appartenant aux religieux prémontrez de Saint-Martin de Laon, à 3/4 de lieue de distance, beau chemin; ni rivière, ni ruisseau; il y a une petite chapelle domestique.

Étendue. — Le village de Sorbon a deux principales rues, formant un angle droit, la première peut avoir 600 pas, la seconde 700 pas. L'église est à l'extrémité du village vers midy.

Secours. — Point de secours formant paroisse, les curés de Sorbon ont biné de tous temps dans la chapelle d'Yonne... (Conflits à ce sujet avec les religieux de Saint-Martin.)

Communiants. — 250 à 60 communiants à Sorbon, environ 20 à Dyonne.

Caractère. — Les paroissiens sont foncièrement bons, charitables et de bonne foy, point plaideurs, un peu trop faciles à deviner le mal ou le bien, et à les débiter. C'est dommage que dans le temps des semailles, ils se retournent les uns les autres, que les dimanches et fêtes ils vaquent aux menus ouvrages, à des voyages souvent peu nécessaires. Au reste, il n'y a icy ni blasphémateurs, ni coquins, ni vagabonds, ni contrebandiers, ni voleurs, ni concubinaires, en un mot point de vices grossiers, scandaleux.

Professions ou métiers. — Laboureurs; manouvriers pour faucher les foins et les mars, battre les grains; six sergiers; le laitage, la filasse en chanvre occupent les femmes; personne ne fait le métier de mendiant, on n'est ni pauvre ni riche, plus pauvre que riche.

Chantres. — Le clerc-maître d'école, le choriste à qui on donne 10 livres, deux sous-choristes à qui on ne donne rien.

Stationnaire. — Le stationnaire de Sery, nommé par l'Archevêque, n'a point d'autre honoraire que la quête; il se répand dans les paroisses voisines et y prêche une fois par semaine en carême et avent. Ordinairement minces sujets, quelquefois de forts bons, surtout ceux de Revins pour la prédication, la confession et les mœurs. Depuis quelques années, les P. Capucins de Rethel sont comme en possession de la station de Sery, malheureusement ils n'ont pas assez de sujets pour la remplir parfaitement, ils font du mieux qu'ils peuvent, ce sont des candidats qui viennent pour aprendre à prêcher, *Laudo conatum.*

Messe. — La messe à l'heure du diocèse autant qu'il est possible. En esté, au matin, on mène a pature les chevaux, on ne revient que sur les 8 à 9 heures ; en hiver il faut soigner tous les bestiaux au matin, ce qui n'est fini que sur les 9 à 10 heures. Les animaux étant le nerf du commerce en ces pays cy, il faut un peu se prêter à la commodité ou plustot à la nécessité publique. Vêpres à deux heures, le catéchisme avant.

Maître d'École. — Le maître d'école seul, nommé par les curé et paroissiens à la pluralité des voix ; ses appointements : un quartel de froment comble par ménage plein, moitié par les femmes veuves, mesure de Château porcien qui fait 1/40 plus que celle de Reims ; son casuel ordinaire sur les mariages, baptêmes, sépultures et fondations. Estimation du poste de maître d'école, au total 323 livres.

Le maître tient l'école chez luy, il a environ 60 enfans, tant garcons que filles ; point de maîtresse particulière.

Registres. — Ils sont en bon ordre reliés selon les années en 4 tomes, le plus haut commence en 1628 jusqu'en 1637, après quoy il y a une lacune jusqu'en 1669 ; de là jusqu'en la présente année. Vers le milieu du dernier siècle ces pays-ci ont été dévastés, cette église brûlée, le village ravagé. Nous avons les états de marché pour la reconstruction de l'église. Les batailles de Rocroy en 1643, de Rethel ou Sommepy en 1651, de Sillery en 1657, sont des monuments trop certains des ravages de cette province et singulièrement de cette partie.

Église. — L'église n'est que bien juste suffisante ; longueur totale 75 pieds 5 pouces ; largeur, 17 pieds 5 pouces ; plafond sur les chœur et sanctuaire, lambry sur la nef ; deux petites chapelles collatérales.

Le chœur rétabli environ en 1665 aux dépens des décimateurs ; la nef en 1686, les chapelles et la sacristie en 1685, le tout aux dépens de la communauté.

Autels. — Le maître-autel sous l'invocation de Saint-Benoist ; l'autel de la Sainte-Vierge, dans la chapelle vers midy, non titré ; l'autel de Saint-Éloy vers le nord, non titré ; la pierre du grand autel paroit avoir été sacrée.

Lampe. — Allumée pendant les offices seulement.

Cimetière. — Il entoure l'église, fermé de hayes vives, où l'on fait souvent des percées par où l'on passe ; les fondations des anciens murs se remarquent encore ; on n'y tient ni foires, ni marchés ; si la communauté vouloit épargner, elle seroit en état de rebatir en plusieurs années les murailles du cimetière.

Réparations. — L'église en bon état, excepté que le soc de la nef a besoin d'être retenu à l'intérieur et deux pilliers au dehors à côté du grand portail vers midy. Les fenêtres sont suffisantes et bien vitrées. Le clocher en bon état, deux petites cloches.

Sage-femme. — Point de sage-femme sur les lieux, on a recours à celles de Rethel ou aux chirurgiens du voisinage.

Fabrique. — Les revenus de la fabrique consistent dans le revenu d'une petite cense et de plusieurs pièces de prez en obits fondés, plat de l'œuvre, et vente des places, au total 239 livres. — Les charges ordinaires montent à 189 livres.

Bureau. — Le bureau ne se tient que pour la nomination des marguilliers, la seconde fête de Noel et pour la reddition des comptes... Tous les comptes sont exactement rendus... Nos ornements ne sont pas riches, mais honêtes et suffisans.

Fondations. — Dix-huit obits, vigiles et messes hautes, 5 messes basses.

Aisances. — La fabrique n'a ni aisance, ni biens communaux ; la communauté en a.

Presbitère. — Le presbitaire est en bon état ; quatre pièces de plein pied, vûe sur le jardin fermé de hayes, la cuisine sur la cour au midy, avec une décharge, fourny, grange, remise de bois, écuries à chevaux et vaches, bergerie, le tout formant une cour spacieuse, porte grande et petite à côté ; point de places hautes ; il y a 107 pas de la porte du presbitaire à celle de l'église.

Chapelles. — La chapelle domestique de la cense d'Yonne, sans titre, pour la commodité des fermiers... Les ornemens sont antiques pour la matière et la forme, mais encore passables, il n'y a qu'un vieux missel qui n'a jamais été du diocèse. Ce sont sans doute Mrs de Saint-Martin qui ont tout fourni de leurs mises bas. La chapelle est honête, mais mal placée par elle-même, elle est à la vérité isolée, mais tout près des écuries ; d'un autre côté mieux à portée pour entendre ce qui se passe, par conséquent moins d'inquiétude et de distraction pour le fermier et ses gens quand ils entendent la messe.

Confrairies. — *Hermites.* — Néant.

Rapport de fer. — De tout temps le rapport de fer est en vigueur au profit de la cure seule. Ce droit consiste à percevoir au profit du curé seul la moitié de sa dîme dans le terroir voisin et contigu, sur un champ labouré par un habitant de la paroisse propriétaire ou fermier de ce champ. Les règles de ce droit sont l'usage, la contiguïté et la réciprocité, toutes ces conditions se trouvent icy.

Robert CAREZ, curé de Sorbon.

Le 15 janvier 1774.

(*Archives de la Marne*, à Reims, Fonds de l'Archevêché de Reims, Doyenné de Rethel, n° 455.)

VIII

*Chronologie des seigneurs de Sorbon
du moyen âge au XVIIIe siècle.*

SEIGNEURS PRIMITIFS.

1243. — Nicolas, chevalier, sire de Sorbon, Albéric, Guillaume, Évrard, chevalier, et Geoffroy, écuyer, ses fils.

1262. — Aubry, Guillaume et Geoffroy de Sorbon.

1264. — Nicolas de Sorbon.

1289. — Aubry, chevalier, sire de Sorbon.

1324. — Marie de Sorbon, femme de Jehan de Cramailles.

1325. — Jean de Tugny, sire de Sorbon.

1330. — Albéric, écuyer, seigneur de Sorbon.

1358. — Aubry, sire de Sorbon, dame Marie de Villers, sa femme, et Gérard de Sorbon, écuyer, leur fils, vendent à Me Jean de Chanbaillet, religieux de Saint-Remi de Reims et prieur de Chaigny, une rente de six muids de froment sur les assises de la ville de Sorbon (*Arch. de Reims*, fonds de Saint-Remi, Inventaire p. 331.)

1364. — Gérard de Sorbon et Jeanne de Son, sa femme; Witasse et Marquaire de Sorbon, Catherine et Marguerite leurs sœurs, ratifient la donation des six muids à l'abbaye de Saint-Remi. *(Ibidem)*.

1454. Marguerite de Sorbon, femme d'Eustache d'Harzillemont.

1459. — Raulin de Vernes, seigneur de Vuagnon et Sorbon en partie.

XVe S. — Poncette de Boham, femme de Robert de Sorbon, s^{gr} de Sery. (*Caumartin*, nobiliaire de Champagne, f° 112.).

Familles Feret et Duguet.

1611. — Anne de Ferette, dame Sorbon, veuve de René de Bezannes.

1623. — Philbert Duguet, écuyer, sieur d'Inaumont et Sorbon.

Famille de Clèves.

1611. — René de Clèves, sieur de Sorbon.

1614. — Étienne de Clèves, s^{gr} de Sorbon et Arnicourt.

1640. — Philippe de Clèves, s^{gr} de Sorbon en partie.

1651. — Anne Pauffin, veuve de Philippe de Clèves.

Famille Boucher.

1533. — Guyot Boucher, père de Jean Boucher, écuyer, seigneur de Crévecœur et de Sorbon, receveur des aides du Rethélois, auteur de la branche établie en Picardie (*Boucher de Perthes, sa vie, ses œuvres, sa correspondance*, par Alcius Ledieu, Abbeville, 1885, p. 3 à 6, 285 et 286.)

1636. — Jacques Boucher, écuyer, s^{gr} de Richebourg et de Sorbon, fils de Jean-Jacques et de Marguerite Simonnet, époux de Marguerite Feret de Montlaurent.

1669. — René Boucher, sieur de Richebourg, vend la terre de Sorbon.

Famille de la Mare.

1529. — Thomas de la Mare, s^{gr} de Sorbon, époux de Catherine de Vesles.

1561. — Jean de la Mare, écuyer, s^{gr} de Sorbon et de Saint-Fergeux, époux de Guillemette de Castre.

Famille de Chartongne.

La généalogie de cette famille a été donnée avec tous les renseignements désirables dans une notice publiée par M. Paul

Pellot dans la *Revue de Champagne et de Brie*, et tirée à part
en 1885, brochure in-8° de 88 pages, à laquelle nous renvoyons pour la terre de Sorbon.

FAMILLE DE RÉMONT.

La généalogie de cette famille dressée par Caumartin dans
le *Nobiliaire de Champagne* (f° 411 de l'exemplaire de la Bibliothèque de Reims), a été complétée dans le tableau ci-après,
également dû aux recherches de M. Paul Pellot.

Le *Dictionnaire de la Noblesse*, par de La Chenaye-Desbois
et Badier, contient cette simple mention : « RÉMONT, famille
de Champagne, Guyot de Rémont, seigneur d'Arnicourt, qui
vivait en 1475, fut le V° aïeul de Marguerite de Raymond de
Raudouly, née en 1674, et reçue à Saint-Cyr au mois d'octobre
1687. — Les armes sont : *d'azur, semé de fleurs de lis d'or,
au franc quartier d'argent, chargé d'une merlette de sable.* »
Tome XVI, Paris, 1870, col. 939.

Nous indiquerons plus loin une alliance entre les Rémont
et la célèbre famille de La Salle, qui portait : *d'azur à 3 che-
vrons brisés d'or.*

DE LA SALLE

ALLIANCE DE RÉMONT

IX

Généalogie de la famille de Rémont.

(Complément de Caumartin, dressé par Paul Pellot.)

ARMES : *D'azur, semé de France, au franc quartier d'argent chargé d'une merlette de sable.*

§ 1. — *Généalogie du Nobiliaire de Caumartin.*

1. — Guyot de RÉMONT, écuyer, seigneur d'Arnicourt en 1485, épouse Marguerite de Favart.

D'où :

2. — Hugues qui suit :

3. — Aleaume, prêtre.

4. — Pierre, prêtre.

5. — Jean, seigneur d'Arnicourt en partie.

6. — Guillemette, femme de Jean de Dalles.

7, — Beatrix, femme de Gérard des Aunais.

8. — Antoinette, femme de Alexandre de Gamette, seigneur de Vauluisant et d'Arches en partie.

9. — Nicole, femme de Pierre de Villelongue.

---

2. — Hugues de RÉMONT, écuyer, seigneur d'Arnicourt, épouse Marie de Montbeton, fille de Gaucher, seigneur de Selles et d'Henriette de Cugnon, par contrat du 31 janvier 1528, d'où :

10. — Jean, ci-après.

11. — Jacqueline, femme de Jean de Monlor, écuyer, bourgeois de Basle en Suisse.

---

10. — Jean de RÉMONT, écuyer, seigneur d'Arnicourt épouse Jeanne de Coussy, fille de Jean, seigneur de Fontaines et d'Anne de Vaux, par contrat du 26 octobre 1560, d'où :

12. — Antoine, qui suit :

13. — Hugues, seigneur de Sery et de Sorbon, épouse Nicolle de Villelongue.

14. — Nicolas, seigneur de Lestanne.

15. — Jean, tué à la bataille d'Avennes.

16. — et Judith, décédée sans alliance

---

12. — Antoine de RÉMONT, écuyer, seigneur d'Arnicourt, homme d'armes de la compagnie de M. de Guise, épouse par contrat du 29 may 1588, Anne le Dannois, fille de Jean, seigneur de Begny et de Claude de Fontaines, tante de Paul Bernard, comte de Fontaines, général des armées du roi d'Espagne, tué à la bataille de Rocroi, d'où :

17. — Charles, qui suit :

18. — Hugues, seigneur de Radoüay.

19. — Élisabeth, femme de Samuel de Charnay, seigneur du Molard, et écuyer de la princesse de Conty.

17. Charles de Rémont, chevalier seigneur d'Arnicourt, de Sery, de Sorbon, de Semeuze, et d'Inaumont, baron de Saint-Loup, gendarme de la compagnie du duc d'Anjou au siège de Montauban, premier capitaine et lieutenant-colonel au régiment de Vervins, capitaine de chevaux légers au régiment de la mestre de camp de France, puis en celui de Grammont, épouse par contrat du 14 février 1635,

Marie Camart, fille de noble homme, maître Antoine Camart, seigneur de Semeuze et de Rochefort, eleu en l'élection de Rethel, et procureur général de M. le duc de Mantoue en son duché de Rethelois et de dam^lle Marie Simonnet, d'où :

20. — Hugues de Rémont, enseigne dans Navarre, à Gigery et capitaine d'infanterie au régiment d'Epagny, décédé en 1666, commandant au fort Louis.

21. — Antoine, enseigne au régiment de Navarre.

22. — Samuel, étudiant.

23. — Robert, étudiant.

---

§ 2. — *Généalogie complétant le Nobiliaire de Caumartin.*

I

1. — Mre Charles de RÉMONT, chevalier, seigneur d'Arnicourt et Sorbon, capitaine au régiment de Vervins, épouse à Rethel, suivant contrat du 14 février 1635, Marie Camart, décédée à Arnicourt le 15 mars 1672, d'où,

II

2. — Mre Antoine-Charles de RÉMONT, chevalier, seigneur dominant d'Arnicourt, et de la place féodale de Sorbon, baron de Saint-Loup-en-Champagne, seigneur en partie de Sery, Inaumont et autres lieux, né vers 1640, décédé à Arnicourt, le 14 décembre 1724, âgé de 84 ans, et inhumé auprès de ses parents dans la chapelle de la Vierge.

3. — SAMUEL DE RÉMONT, né vers 1654, chevalier, seigneur de Sorbon, y demeurant, Arnicourt et Saint-Loup-en-Champagne, décédé à l'âge de 29 ans et inhumé le 12 novembre 1683, dans la même chapelle.

4. — ROBERT-ANTOINE DE RÉMONT, né en 1658, chevalier, seigneur suzerain de Sorbon, décédé au château de Sorbon, le 5 août 1722, à l'âge de 64 ans et inhumé le lendemain à Arnicourt, dans le caveau de la chapelle de la Vierge. Il avait épousé ANTOINETTE DE LA SALLE, décédée elle-même le 19 février 1730, âgée de 64 ans (1).

19 décembre 1693. — Acte de foi et hommage rendu à Mʳᵉ Robert de Rémont, chevalier, seigneur féodal de Sorbon à cause de la place féodale dudit Sorbon située proche de l'église dudit lieu qui lui appartient par moitié et par indivis avec Messire Antoine-Charles de Rémont, chevalier, seigneur d'Arnicourt, son frère, à qui appartient l'autre moitié suivant leurs lots de partage fait entre eux, ledit acte rendu par Charles Renart de Fuschambert, chevalier, conseiller du roi en ses conseils, demeurant à Paris, rue du Four, paroisse Saint-Eustache, étant de présent au château d'Arson, près la vallée de Rethel-Mazarin pour ce qui lui appartient en justice, fief, droits seigneuriaux, terres et près situés en ladite seigneurie de Sorbon, et qu'il avait acquis de Mʳᵉ Philippe de Gormon, chanoine de l'église cathédrale de Laon (parchemin).

De ce mariage sont nés à Sorbon :

III

5. — ANTOINETTE-MARIE DE RÉMONT, baptisée le 1ᵉʳ mai 1689, décédée au château du dit lieu le 2 août 1774, à l'âge de 85 ans.

(1) Notons une alliance de Rémont avec la famille de la Salle qui a donné au monde le fondateur des Écoles chrétiennes : Antoinette de la Salle, fille d'Antoine de la Salle, fut mariée à Robert de Rémont, écuyer, seigneur de Sorbon. — *Généalogie de la famille de la Salle,* dans la *Revue de Champagne et de Brie,* Février 1888, p. 158.

6. — Claude-Robert de RÉMONT, le 18 avril 1691, qui a eu pour parrain Claude de la Salle, seigneur de Francheville.

7. — Eustache de RÉMONT, le 4 août 1692.

8. — Pierre-François de RÉMONT, le 24 novembre 1693, chanoine régulier de l'ordre de Prémontré, prieur curé de Renneville.

9. — Charles-Antoine qui suit.

10. — Pierre-Claude de RÉMONT, le 11 janvier 1699.

IV

9. — Charles-Antoine de RÉMONT, fils de Robert et de Antoinette de la Salle, né à Sorbon le 7 août 1696, vicomte de Porcien, baron de Saint-Loup et Saint-Mamin en Champagne, seigneur suzerain de Sorbon, Maison, Arnicourt, Sery et Inaumont en partie, lieutenant des maréchaux de France, décédé au château de la Folie, le 2 décembre 1783, à l'âge de 88 ans, fut inhumé le lendemain dans le caveau de sa famille, en l'église d'Arnicourt.

Il avait épousé en premières noces à Bertoncourt :

Louise-Marguerite de CHARTONGNE, fille de Claude et d'Angélique le Prevost, qui mourut à Arnicourt le 14 septembre 1755.

Sont nés de ce premier mariage :

1° A Sorbon :

11. — Robert-Antoine de RÉMONT, le 9 février 1721.

12. — Gabrielle-Angélique de RÉMONT, le 22 avril 1722, mariée à Charles-Gabriel-Claude de CHARTONGNE, son cousin germain.

13. — Marie-Antoinette-Angélique de RÉMONT, le 18 avril 1724.

2° A Arnicourt :

14. — Marguerite de RÉMONT, le 6 septembre 1726, décédée le 4 mars 1731.

15. — Regnault-Antoine de RÉMONT, le 26 avril 1728.

16. — Louis-Anne-Abraham de RÉMONT, le 14 juin 1731, prêtre docteur de Sorbonne, chanoine de l'église métropolitaine de Reims, dont les parrain et marraine ont été haut et puissant seigneur Mʳᵉ Louis Abraham de Harcourt, marquis de Beuvron, abbé commendataire de l'abbaye de Signy et Marie-Anne Le Besgue, marquise de Jeoffreville.

17. — Philippe-François-Louis, qui suit.

18. — Claude de RÉMONT, le 7 août 1737, décédé le 21 septembre suivant.

19. — Et Louise-Angélique-Charlotte de RÉMONT, le 11 février 1739.

En deuxième mariage, Charles-Antoine de Rémont épousa à Arnicourt le 29 mars 1758, Magdeleine-Henriette DURAND, veuve de Mʳᵉ Charles-Philbert TIERCELET DU CLOS, avocat en parlement, de laquelle il n'a pas eu d'enfants.

v

17. — Philippe-François-Louis de RÉMONT, né à Arnicourt, le 21 février 1733, fils de Charles-Antoine et de Louise-Marguerite de Chartogne, baron de Saint-Loup en Champagne, capitaine au régiment d'infanterie du roi, chevalier de l'ordre royal et militaire de Saint-Louis, seigneur d'Arnicourt, Sorbon, Maison, Sery, Inaumont en partie et autres lieux, commissaire pour le roi de la noblesse du bailliage de Mazarin, décédé au château d'Arnicourt, le 26 octobre 1792,

Épouse Marguerite-Élisabeth AUBRY D'ARANCEY.

D'où sont nés :

20. — Magdeleine-Henriette-Élisabeth qui suit.

20 bis. — Charles-Angélique, vicomte de RÉMONT, décédé, chevalier de Saint-Louis, officier de la Légion d'honneur, au château de Sept-Fontaines, le 1ᵉʳ octobre 1864, à l'âge de 88 ans, étant né à Arnicourt le 27 mai 1776, marié à Louise-Edmond Coulon-La-Grange-aux-Bois, dont il eut trois fils décédés sans postérité masculine, indiqués plus bas, VIII, 25, 26, 27.

21. — CHARLES-ANTOINE-LOUIS DE RÉMONT, décédé à Arnicourt le 18 novembre 1772 (5 ans et demi).

22. — GABRIELLE-ANGÉLIQUE-AUGUSTINE DE RÉMONT, née en 1768, décédée âgée de 83 ans et 8 mois à Clemençain, dépendance de Crouy (Aisne) le 11 août 1852.

23. — PIERRE-CHARLES DE RÉMONT, le 14 janvier 1772.

VI

20. — MAGDELEINE-HENRIETTE-ÉLISABETH DE RÉMONT, fille de Philippe-François-Louis et de Élisabeth-Marguerite Aubry d'Arancey, née à Vitry-le-François le 8 juin 1765, épousa à Arnicourt le mercredi de la première décade, an 2, LOUIS-FRANÇOIS, comte DE LANTAGE, juge de paix, demeurant à Saint-Eulien, canton de Tiéblemont, fils de JEAN-LOUIS-CYR DE LANTAGE, ancien officier et de FRANÇOISE GUILLAUME.

D'où :

VII

24. — ALEXANDRE-EUGÈNE, comte DE LANTAGE, demeurant à Aulnay-aux-Planches, près Vertus (Marne), dernier propriétaire du château de Sorbon, marié à MARIE-ANNE LEBLANC-BUGNOT-DUPLESSIS.

VIII

25. — J.-B. RAOUL DE RÉMONT, décédé à Arnicourt, le 9 novembre 1833, époux de CHARLOTTE-ATHÉNAÏSE AUBRY D'ARANCEY.

26. — ARCHAMBAULT-GUSTAVE DE RÉMONT, demeurant à la Grange-aux-Bois, près Charleville, y décédé le 18 avril 1848, d'où :

1. — Madame BERTHE DE RÉMONT, épouse M. LOUIS-HENRI-EUGÈNE LHUILLIER à Paris, rue des Champs-Élysées, nᵒ 120, et au château de l'Aberoye (Landes).

2. — ANGÉLIQUE DE RÉMONT, épouse de M. le baron CHARLES-ANTOINE-HONORÉ-ALFRED VAST-VIMEUX, demeurant à la Rochelle, député au corps législatif en 1864.

3. — Mademoiselle MARIE DE RÉMONT, à Paris, rue d'Amsterdam, 6.

27. — CHARLES-MARIE, dit CAMILLE DE RÉMONT, capitaine de cavalerie, décédé à Bahus-sous-Biren (Landes), le 8 Janvier 1863.

TABLE DES MATIÈRES

Deuxième Partie

Le Village de Sorbon

Appendice

Documents inédits

4498 — Imprimerie coopérative de Reims (N. Moscz dir.), rue Pluche, 24.

www.ingramcontent.com/pod-product-compliance
Lightning Source LLC
Chambersburg PA
CBHW060435260626
47161CB00005B/1937